河出文庫

さよならに取られた傷だらけ

不純文学

斜線堂有紀

JN160164

contents

さよならに
取られた
傷だらけ

不純文学

惑星直列

どうやら私は三日おきに記憶を失う体質になってしまったらしい。しかし、この事実すら、記憶を失《な》くす前の私が書き残したノートから知ったことだ。そこには私の個人情報や現在の生活、それとやらなくちゃいけないことや注意事項が書かれていた。このノートを読み込むのにすら三十分かかるのが恐ろしい。それでも、なんとか私は当面の記憶を取り戻す。

ノートには先輩とやらのことも事細かに記載されていたので、私は先輩に会いに行くことにした。その人なら何か私のことを知っているかもしれない。そうして、会いに行って驚いた。先輩は三十分で記憶を失ってしまうのだという。嘘《うそ》だろ、あまりに短い。

私は仕方なく、何も分からない先輩と一緒に過ごす。三十分の内の三分で、先輩が先輩であることと私が後輩であることを教えるのだ。順応が早い先輩はそれだけで日常を営めるからすごい。二十七分で先輩はありとあらゆることをこなす。

寂しくないと言えば嘘になる。自分も忘れるのに勝手な話だ。ただ、嬉《うれ》しいこともある。先輩が記憶を保持している二十七分と、私の記憶のリセットがごく稀《まれ》に重なった瞬間は、先輩が私のことを教えてくれる。二十七分を丸々使って、先輩が私を後輩にしてくれる。

その時は、私の全てがフッと救われたような気がするのだ。

先輩には不思議な癖があった。こちらに何か物を差し出す時に、軽く二回振ったり鳴らしたりしてから渡すという癖である。飲み物を渡してくれる時も、先輩は指先で二回タップしてから渡してくる。ペンを渡す時も二回ペンで机を小突いてから渡す。私の中でその癖と先輩はイコールで結ばれていて、だから、コーヒーカップが二回震えてからこちらに差し出された時、私はそこに先輩がいるのだと分かった。

先輩は少し前に事故で死んでいる。そして先輩が亡くなって以来、私に何か辛《つら》いことがあると、物が二回震えてこちらに差し出されるという妙なポルターガイスト現象が起こるようになった。幽霊になって私のところに戻ってきたのだ。

寂しかったり悲しかったりすると、先輩が私を慰めてくれた。そのお陰で私は徐々に立ち直っていく。私は外に出るようになり、新しい出会いがあったりもする。

そうして私は運命の恋人に出会い、この家を出ることになった。先輩には感謝しかない。荷物を詰めている間、私は先輩のことばかり考えていた。だから、戸棚から大きく重い花瓶が落ちてきた時に、棒立ちで避けられなかったのかもしれない。

自分の頭を砕く花瓶が落ちてくる時、私は確かに兆しを見た。あの時花瓶は二回震えて、いつぞやのカップのようにゆっくりと前に押し出されてきた。その手つきがやけに優しく甘やかなので、私はうっかり見惚《みと》れてしまったのだと思う。

概念いぬ

ペット禁止のマンションに住んでいるので、犬の概念を飼い始めた。可愛い犬を飼っている体《てい》で暮らしているので、家に帰るのが楽しい。小さなペットケージを買って概念犬を育て続けると、段々ケージが丸くなってくる。小さな箱に無理矢理毛布を詰めた時みたいだ。恐ろしくなって私は犬の概念を部室に匿《かくま》う。概念だから先輩にもバレない。広いところに移動出来て、犬の概念も幸せそうだ。

ある日部室に向かうと、部室の扉が膨らんでいた。まるで小さなリュックに無理矢理羽布団を詰めた時みたいだ。耳を澄ませばみしみしと音がする。内側から押されて壊れそうになっている扉を見て、先輩がようやく気づいた。犬が概念でも、扉は概念じゃないからだ。

先輩は私の犬の概念を処分し、大学の裏庭に小さな墓を作った。

「先輩がこういうことする人だとは思いませんでした」と私が言うと、

「概念の葬式をやっちゃいけない理由はない」と、先輩が小さく返す。

滅多に思わないことだけど、先輩がここにいてよかったな、と思う。

鉄骨が落ちてきて私は潰れる。先輩が潰れた私を拾い集めて病院に連れて行ったことで、私は九死に一生を得た。現代の治療技術は素晴らしい。私の身体は一応元の通りに復元された。でも、耐久値だけは戻らない。私の身体は酷《ひど》く脆《もろ》く、少し力を入れれば水のように弾けてしまうのだ。

私は病院の傍にある部屋で暮らし始めたが、それがまた大変なのだ。全てのものは私に優しくなく、ぬいぐるみですら私の身体を傷つける。私は何かを抱きしめることも、何かに触れることも出来ずに部屋で過ごす。そういうわけなので、私はずっと一人だった。崩れやすい身体だから仕方がない。

そんな私だから、この大災害で潰れなかったことが奇跡だった。特別製の屋根は潰れて穴が空き、暗い空が見える。部屋の扉は開かれていたけれど、こんな身体では外に出ることも躊躇《ため》らわれた。

やがてぽつぽつと雨が降ってくると、私の身体には小さな穴が空いた。このまま雨と一緒に崩れるんだろうな、と思う私の元に、すっと影が下りた。見上げると、そこには傘を持った先輩が立っている。

雨にすら弱い私を連れ出すなんて馬鹿げている。だから、先輩は黙って隣で傘を差していた。一本しか持ってこなかったから、先輩の左肩がえげつないほど濡《ぬ》れている。

いつかの傷渡り

つけた覚えの無い傷がいつの間にか出来ている。指の間の切り傷は知らない内についちゃったのかな？　という感じだったけれど、今度の膝の擦り傷はあからさま過ぎる。転んだ覚えはない。それどころか最近の私は外にすら出ていないのだから。あまりに理不尽な傷である。とはいえ誰に文句を言うわけにもいかないので仕方なく絆創膏《ばんそうこう》を貼る。その時、私の手の甲に突然血が滲《にじ》んで、ぱっくりと皮膚が割れた。おかしいだろ！　と思わず叫ぶ私の前に、慌てて妖精が現れる。

「いやあすいません。実はこれ、とある赤ちゃんの傷なんです。痛みに慣れてなくてわんわん泣くんで、お姉さんに引き受けてもらいました。どうかお願いできませんか」

そう言われれば断れない。私は痛みに強くなったし、このくらいでは泣かない。そういえば、小さい頃は何故か傷の治りが早かった気がする。それは、こういう仕組みだったのか。

次の日部室に行くと、おでこにべたべたと絆創膏を貼った間抜けな先輩に出くわした。よく見ると、腕や掌《てのひら》に統一感のない傷がある。どうして怪我をしたのか聞いても、先輩は答えなかった。目立つところだと困るだろうなあ、と思いながら、私は仕方なく包帯を巻いてやる。

日頃の恨《うら》みの所為《せい》か、先輩の死体が降ってくるようになった。ドスン、と音がしたので振り返ると、そこに先輩の死体が落ちている。最初こそ泣いたり喚《わめ》いたり埋めたりしたけれど、最近は慣れたものだ。先輩の死体は一日に一体降ってくるから、いちいち驚いていられない。

先輩の死体は腐りはしないが無くなったりもしないので、街に先輩の死体が降り積もるようになる。私以外の人間には見えないからどうしようもなく、街は先輩の死体で埋まった。困った末に助けを求めた私は隔離施設に送られた。

隔離施設の白い部屋に閉じ込められた私の前に先輩の死体は現れない。快方に向かっていると判断されたのか塀に囲まれた中庭を散歩させてもらえることになった。

中庭の隅には、先輩の死体が山のように積まれていた。最近の死体は全部ここにあったのだ。私は死体の山を登って塀を越える。みんなには死体が見えないらしいから、私の脱出はミステリーになるはずだ。空でも飛べない限り、塀を越えられるはずがない。

それなら今度は月にでも行ってやろうか。そこまで行けば、きっと私の話も信じてもらえるだろう。空飛ぶ人間より落ちる死体の方がずっと信じやすいはずだ。だって、重力ってものがあるんだし。

そんなことを思った私の前に、今日も先輩の死体が落ちてくる。

たかが百年のきみ

私と先輩は付き合っている。特に問題の無い二人だ。付き合い始めてからもう一年が経つ。付き合い始めてからの先輩は意外なことに優しかった。週末にはどこかに出かけたり、先輩おすすめの小説を貸してもらったりする。割合充実した生活だった。

そんなある日、極めて精巧な嘘《うそ》発見器が実用化された。単なる好奇心で、私は先輩に嘘発見器をつける。先輩は気づいていなかったと思う。

そのまま「私のこと好きですか？」と尋ねてみた。先輩は少しだけ照れながら肯定してくれる。あろうことか、嘘発見器はそれを嘘だと見抜いてしまった。動揺を悟られないように嘘発見器を外し、さっさと燃えないゴミに出す。

ところで、私と先輩は今でも恋人同士だ。こんな話をした後では不思議に思われるかもしれない。でも、考えてみれば当然の話だ。何も知らない先輩は、今日も私の恋人として振る舞ってくれている。なら、その茶番を拒否する理由は無い。

今日も先輩は私のことが好きじゃない。そんなことは分かっている。技術がそれを痛いほど教えてくれている。どうして付き合ってくれているのか分からなくても、先輩は私と一緒に居てくれる。偽物の繋《つな》がりであっても、それが私達を繋いでくれているのなら、それは本物よりもずっと強いものであるはずだ。そうであると信じたい。

だったらせいぜい百年程度、その茶番を演じ続けて欲しいのだ。

どうやら私は事故で死んでしまったらしい。けれど、死に際に私の脳髄は取り出され、培養槽に移されたらしいのだ。知覚の全てを失った私は、電気信号で伝えられたその情報を鵜呑《うの》みにするしかない。

三日に一回のペースで先輩がお見舞いに来てくれる。電気信号で交わす他愛の無い話は、それでも私の救いだった。先輩が来てくれる時以外は、私は何も見えないし聞こえないところにいるのだから。

先輩はもう少しの辛抱だと言う。もう少し医学が発展したら、今度はクローンの身体が出来上がると。そこに私を移植したら、また元通りになれるんだと。

私はそれだけを頼りにしていた。もし元通りの身体に戻れたら、今度は先輩と手を繋《つな》いで歩くのだ。

そんなある日、噂《うわさ》を聞く。培養槽の手入れをする職員が話していた噂だ。変換装置越しに聞いたその声は、私は『私』に似せたＡＩに過ぎないと話していた。

本当だろうか？　事故も何もかも嘘《うそ》で、私の意識は偽物なんだろうか？　外の世界には、本物の『私』がいるんだろうか？

それでも、先輩は私のお見舞いに来る。真実がどうであれ、お見舞いに来る。はっきり言って地獄みたいな生活だけど、少なくとも先輩がお見舞いに来るのだ。

HEART ever hurts

先輩がとうとう不老不死の技術を生み出した。私は早速不老不死にしてもらい、諸手《もろて》を挙げて喜んだ。これで死を怖がらなくてもいいのだ！　万一地球が滅亡した時に、苦しみながら宇宙を彷徨《さまよ》わなくてもいいよう自殺用の頓服《とんぷく》薬まで用意されていた。流石《さすが》先輩、嫌な可能性を網羅している。

折角生み出した不老不死の技術を、どういうわけだか先輩は自分に使わなかった。理由を聞けば「俺は天国を信じてるから」とロマンチックな言葉が返ってきた。意外だ。絶対信じてなさそうなのに。

そんな先輩が死んで、もうすぐ百年が経つ。

人類滅亡の兆しは今のところ無いし、私もなんとか暮らしている。先輩の不在は長いけれど、未だに慣れないのが不思議だ。

たまに例の頓服薬を掌《てのひら》の上に載せてみたりする。天国がある保証は無い。飲んだが最後、私は永遠の暗闇に閉じ込められるかもしれないのだ。それを思うとやっぱり怖い。長い年月は私に虚無への恐怖心を植え付けてしまった。

別にそこまで先輩に会いたいわけじゃない。割に合わない賭けだ。まだ賭けをする勇気は無い。百年程度じゃ、いやあと百年したら。

先輩とうっかりキスをしてしまってから、意識しすぎて上手く喋《しゃべ》れなくなってしまった。いや、言いたいことは分かる。子供じゃあるまいし、そんなことで一々動揺すべきじゃない。けれどそれは気持ちの問題であって、そうそう割り切れるものじゃない。しかも、今回のことは事故のようなものなのだ。

そんな事態に、先輩も思うところがあったらしい。次の日から先輩は行動を始める。なんと先輩は男女問わず色々な人とキスをし始めたのだ。控え目に言って狂っているし、満更でも無さそうな周りもおかしい。けれど、確かに効果的だった。繰り返されるキスの中に私との事故は埋没し、段々と薄れていく。こんな方法で対処してくるとは思わなかった。海に紅茶を投げ込んだところで、海は紅茶にならないのだ。

その先輩はこの奇行のおかげで有名になり、酔狂なメディアに取り上げられるようになる。ハリウッドスターとキスをする先輩を見て、すっかり私のわだかまりは消えた。

というわけで、私は前のように普通に先輩と部室で過ごすようになり、先輩も以前のように、紙パックのミルクティーを片手に読書に勤しむようになる。そのミルクティーは先輩にしては攻めた銘柄で、気になった私は勝手に一口を頂いた。

その瞬間、先輩は信じられないといった顔で私を見た。その顔が物凄く動揺しているように見えて、私には先輩の線引きが分からない。

東の街には龍が出る

東の街には龍が出るらしい。私はそっちの方に行かないので、話に聞いただけだ。龍はとても巨大で恐ろしく、瞬《また》き一つで街を壊滅させてしまうらしい。何とも酷《ひど》い話だ。と、思っていた矢先に、私は生贄《いけにえ》に選ばれて龍の元に引き出される。想像はしていたものの、実際に見る龍はその何倍も怖かった。一巻の終わりだ、と思った私を他所《よそ》に、龍は私と暮らし始める。

龍は意外にも優しく聡明《そうめい》で、生贄を求めたのも単に退屈していたからしい。私は龍の話し相手になり、一緒に過ごすようになる。龍は色々なことを知っていたので、私も毎日が楽しかった。

しかし、そんな日々は長くは続かなかった。というのも、私の寿命が続かなかったのである。私は龍を残して一人で死んでしまい、その後のことは分からない。龍はいつかまた会おう、なんて感傷的なことを言っていた。

そして時が経ち、私は再び人間として生まれてくる。こんなシチュエーションだからこそ、私は先輩と出会った時に運命だと思ったのだ。先輩は龍と同じく沢山のことを知っていた。話していて楽しかった。つまり、私の誤算はここにあったのだ。

東の街には龍が出るらしい。街一つを壊滅させるその化物が何を求めているのか知っている。私の隣には全く運命じゃない先輩が居て、連日そのニュースに眉を顰《ひそ》めている。

先輩と私の間に壁が出来る。外観だけ見れば、それはアクリル製の透明な板のように見える。でも割れない。頑丈なそれは、きっと銃弾すら通さないだろう。こうなってしまえば私と先輩は手すら繋《つな》げない。別に繋ぎたいわけじゃないけれど、並んで歩く時少し寂しい。

この壁の厄介なところは、先輩が離れたところに居ても御構い無しなところだ。先輩が数十キロメートル先に居ようが、壁は先輩のいる方角に出現する。普通に困る。いくら透明だからといって、壁は邪魔だ。世界の風景がまるでバグのように見えるし、触ればちゃんと実体もある。苛立《いらだ》ちに任せて壁を殴ったら、普通に痛かった。遅れて、壁の向こうから似たような殴打音がした。先輩も向こうで壁を殴ってみたらしい。次の日大学に行くと、先輩の手が腫れていた。人は過ちを犯す生き物だ。

けれどこの日を境に、私達はモールス信号を覚える。それを叩《たた》く強弱で音を操るようになり、壁を通信装置に変える。メールの方がずっと便利なものだけど、奇妙な通信は私達の間でにわかに流行《はや》った。

先輩と疎遠になるにつれ、透明な壁は更に大きくなっていった。これが出現してから、私は先輩にまともに触れたことが無い。けれど、何か辛《つら》いことがあった時、私はこの壁をノックする。遅れて返ってくるノックの音が、私の夜を救っている。

天気予報は二度と見ない

先輩が私と出掛けると、いつも雨が降った。最初は、それが先輩の所為《せい》だとは思わなかった。単に私達は運に恵まれず、天気予報はあまり正確なものじゃないんだと思っていた。けれど、百パーセントの確率で曇る空は私の疑念を打ち砕く。流石《さすが》にこれはおかしい。

先輩と距離を置く選択肢はなかった。雨が降るのは困るけれど、先輩と会えなくなるのは嫌だ。かといってこの辺りが沈むのも困る。折衷案として、私は月に一回だけ会うことにした。雨の中で、私達は一ヶ月分だけ惹《ひ》かれ合う。私達が会わない日に雨が降ると異常に腹が立った。折角私達が遠慮してるのに、空気を読まないことをするな。

遊園地に行くのは厳しかったけれど、水族館には一緒に行けた。雨の日は全体的に人通りが少ないのもいい。先輩は傘の中で少しだけ表情を緩める。私は雨の具合を見る振りをして、そんな先輩をこっそり見上げるのだ。

さて、そんな先輩が死んでしまってから、この世界には雨が降り続いている。元凶である私達が別離したのに一体どういうことだろう？　答えはとっても簡単だ。幽霊なんか信じていなかったけれど、先輩はここにいるのだろう。

霊感の無い私が先輩と繫《つな》がる為には、この雨が必要なのだ。暗い空から降る透明な糸を赤い糸の代わりにして、私は先輩を拒絶出来ない。

先輩に影が無いことに気づいたのはいつだっただろうか。室内だとそう目立たないから、やっぱり外での出来事だろうか。先輩はやけに日陰を選んで歩く。私はそれを単なる日焼け防止だと考えていたけれど、もっと根深い問題だったわけだ。

それにしても、何で私にもそのことを隠していたのだろう。自分で言うのもなんだけれど、私と先輩は仲がいい。趣味が合うわけじゃないけれど、一緒にいると妙に落ち着くのだ。影が無いことで、先輩は色々と迫害されたりしたのだろうか。私はそんなことで先輩を嫌いになったりしないのに。

そういうわけで、私は思い切って先輩に影について尋ねてみた。先輩は案の定気まずそうに、私から顔を逸《そ》らした。そんな顔をしなくてもいいのに。私は先輩に影を取り戻す手伝いを提案する。よく分からないけれど、私にはそれが出来るという確信があった。

先輩が複雑な顔で溜息《ためいき》を吐《つ》く。

次の瞬間には、私は先輩を見上げていた。

先輩から伸びる自分を自覚しながら、私はああ、そうだった、と呟《つぶや》こうとする。しかし、影には口が無いのでそれは声にもならなかった。先輩がもう一度溜息を吐くと、私は人間の形を取り戻す。先輩は何も言わずに私の頬を軽くつねると、読書に戻った。その横顔は地面からでは絶対に見られないもので、私は現状の恵まれ方を自覚する。

灰の残照

先輩が友人に騙《だま》されてありとあらゆる内臓を売られてしまった。とんでもない友人だ。そもそも、内臓を抜かれるまで何にも気づかなかった先輩もどうかと思う。私は仕方なく手近にあったものを代わりに詰め込んで、先輩の中身にする。

それからの先輩の挙動は少しだけ怪しい。苦しそうに咳《せ》き込む度《たび》に中から修学旅行生御用達《ごようたし》のキーホルダーや、千羽鶴が出てくる。ちょっと野放図に詰め込みすぎたかもしれない。私は先輩の背中をさすりながら、近くにあった砂を無理矢理放り込む。可哀想だけど仕方がない。先輩の命は何より優先されなくてはいけないのだ。

先輩は日に日に弱っていく。自分の身体が出来の悪いハンドバッグになってしまったことを冗談のように語る先輩を、何だか少し不憫《ふびん》に思う。身体の衰えは隠しようもない。私は出来る限り先輩の傍にいた。課題も読書も先輩の傍でやった。程なくして先輩は死んでしまったけれど、出来る限りのことはしたと思う。

先輩の身体が焼かれると、身体の中に入っていたありとあらゆるものが骨と灰の中から出てきた。沢山の釘《くぎ》やネジ、風船やキーホルダー、奇妙なことに文庫本も何冊かあった。それらを選り分けている内に、私は一つ気になるものを発見する。

灰の中には、失《な》くしたと思っていた私の家の鍵があった。先輩がこっそり飲み込んでいたらしい。そんなことをしなくても傍にいたじゃないですか、と先輩の骨に言う。

先輩とよく目が合う。先輩は基本的にずっと小説を読んでいて、私の方を見ることはないはずだし、私は私で課題をやったりスマホを弄《いじ》ったりしているのでそうそう先輩の方を見ないのだが、ふと目をやると必ず先輩と目が合うのだ。先輩も意識してやっているわけじゃないらしく、不思議そうな顔をしている。

それから先も私達の視線は引かれあい、映画を観ている時も歩いている時も、そちらに視線を向ければ先輩とかち合った。流石《さすが》に自転車に乗った先輩とすれ違った時は危なかったので、この現象は取り扱い注意だった。それどころか、先輩の方を迂闊《うかつ》に見てはいけないのだと思うようになった。私を見つめ返す先輩の目が好きだったけれど、この引力は先輩を危険に晒《さら》してしまう。そうなってくると私達は瞳の引力を避けるように疎遠になっていった。

私は今も先輩を忘れていないし、多分昔も今も好きだった。先輩と引かれあっていたあの時期、先輩も同じ気持ちだったのなら嬉《うれ》しい。ふと空を見上げると、優雅に飛ぶ飛行機が見えた。アクロバット飛行をする、小柄で身軽な機体。思わず見惚《みと》れてしまう。その時、飛行機がバランスを崩し、そのまま地面に墜落した。燃え上がる機体を見た瞬間、悲鳴と共に確信を得る。私と先輩はまだ引かれあっていたのだろうし、あの高さからでも、先輩はちゃんと私を見つけたのだ。

先立つもの

先輩が雪山で遭難してから一週間が経ち、奇跡を祈るのに疲れてきた。先輩はまだ見つかっておらず、そろそろ捜索が打ち切られてしまう。私は何が何でも先輩を一人にしたくなくて泣いたが、仕方ない。先輩をいつまでも探し続けるわけにはいかない。

そんなある日、私の夢枕に先輩が立つ。先輩は山のある一点を指し示した。恐らく先輩はそこにいるのだろう。次の日から、私は登山について学び、トレーニングを始める。何としてでも先輩を連れて帰るのだ。

トレーニングはしんどかったし、先輩が消えた山は難易度の高い山だった。それでも、めげそうになる度《たび》に先輩が夢枕に立つ。私は先輩をちゃんと眠らせなければ。

そうした努力の甲斐《かい》があって、私はついに件《くだん》の山に足を踏み入れた。先輩の示した地点は地図に印を付けておいた。これでようやく迎えに行ける。

私は先輩のことを全く理解していなかった、ということに気がついたのは、無事にその場所に辿《たど》り着いた時だった。そこにあったのは謎の鉱石の塊で、先輩は何処《どこ》にもいない。仕方なく石を持ち帰ってみると、信じられない値段が付いた。

このお金を使ってもう一度捜索隊を派遣し、印の付近を捜索するも、先輩は見つからなかった。それ以来先輩は夢に出てきたりしていない。お金はまだまだ手元にある。でも、私が欲しいのはこれじゃない。それを先輩も分かっているだろうから、尚更《なおさら》悔しい。

先輩には妥協というものがない。とにかく努力家であり、一切のことに手を抜かない。例えば一講義のレポートなんかも、卒業論文と同じくらいの密度で書く。参考文献でA4三枚を埋める先輩のレポートは当然のようにA評価だけど、先輩がやつれた数日に見合うものなのかは分からない。

他にもこういうことがあった。ボランティアの協力を依頼されれば、先輩は全力で働き、その地域のゴミを一週間かけて全て拾い尽くした。業者としか思えないゴミ袋の量に、周りの人も引いていた。

私もやらかしたことがある。おすすめの本をうっかり聞いて、私は数年分のおすすめリストを手に入れてしまった。一タイトルにつき千字あまりのレビューが嬉《うれ》しいけど重くて、私はもう二度と先輩にお願いをしないことを決めた。

でも、世の中には困りごとが多すぎて、そうこうしている内に先輩の性質を利用しようとする人間も出てくる始末だった。それを見た私は、先輩にまたお願いをする。

それ以来、先輩の姿を見ていない。先輩はどんなことにも手を抜かない。幸せになってください、という私のお願いをちゃんと聞いているからこそ、誰の前からも消えたのだ。でも先輩からはたまに手紙が来るし私も返す。先輩の凝《こ》った幸せに私が組み込まれているのは、悪くない。

美しい右手をした私の先輩

先輩のことが好きで告白したのだが、私には一つ言っていないことがある。それは先輩の全てが好きなわけじゃなく、先輩の右手だけが好きだということだ。私は今まで色々な人の手を見てきたけれど、先輩の右手の美しさは凄い。まさに私の理想の右手だった。これさえ無事であってくれたら、何だって赦《ゆる》せてしまうほどに。

先輩が最初から私の邪《よこしま》な気持ちに気づいていたかは分からない。私が先輩にハンドクリームをプレゼントするのも、重いものを持たせないのも全部先輩の手の為だ。それなのに先輩は何にも知らないような顔をして、嬉《うれ》しそうにお礼を言うから困る。

私は上手く隠し通していたはずだ。右手の薬指用の指輪を渡した時だって、先輩は不思議そうだったけれどちゃんと受け取ってくれたのだ。先輩が柄《がら》にも無く料理なんかに挑戦せず、その美しい右手が傷つきさえしなければ、私は上手くやれていたはずだ。

完璧な右手を失った先輩のことを私は愛することが出来なかった。とはいえ傷が治るにつれて愛情は復活してきた。我ながら調子が良い話だ。全てを理解した先輩は傷ついた顔をしながらもそれを受け入れる。受け入れたように見える。

私が先輩と手を繋《つな》がないのはそういう理由だ。先輩の理想的な右手を傷つけることがあってはならないし、左手を繋いでも意味がない。私の最愛は所在なく寂しそうに揺れていて、私の視線だけがそこに絡んでいる。

先輩に振られてしまい、私の恋は終わるはずだった。しかし、振られてもなお私の中の熱は消えない。先輩のことが好きで好きでたまらず、来る日も来る日も先輩のことを考えてしまう。先輩を見るだけで幸せだったり、あるいは振られたことを思い出して涙を流したりするのはおかしなことだ。でも、恋っていうのはどうにもならない。

先輩は中途半端な人間で、私を完全に拒絶しない。私をただの後輩のまま傍に置く。傍にいられないよりはマシなので、私も先輩の傍にいる。ただ、私の先輩への恋が終わらないので苦しい。傍にいてほしいと付き合いたいの間にどれだけの差があるのだろう。先輩は中途半端な人間で、なおかつ残酷なので、先輩はたまに私とデートしてくれたりもする。私は先輩のことが狂うほど好きなので、こんな馬鹿なごっこ遊びにも付き合ってしまう。先輩は全然そうしたくもなさそうなのに手を繋《つな》いでくれて、その温かさにも嬉《うれ》しくなってしまう。先輩は別に私が好きじゃないけれど、デートの回数は重なる。

やがて、私の恋愛感情が耐えきれなくなり、手も口も大して変わらないですよと暴論を振りかざしたことでキスも出来るようになる。先輩はよく分かっていなさそうだったが、まあ別にいい。ここまできても先輩が私を好きじゃないことに怒りを覚える。

しかし最近気がついた。先輩は私とデートをしたり、手を繋いでいる時にそこそこ嬉しそうなのだ。付き合ってはくれない先輩と私は、今度一緒に暮らす算段をつけている。

領分

影の中に何かいた。確かに姿は見えなかったけれど、存在感というものは消しようがない。影のやつを踏みつけながら、中にいるやつを問い詰めると、とんでもない事実が判明する。何とこの影の中に居るのはパラレルワールドの先輩なんだそうだ。どういうわけだか私の影はパラレルワールドと私の世界を繋《つな》げるゲートのようなものらしい。

それから私は色々な話をする。パラレルワールドの先輩はこっちの世界の先輩より少しだけ饒舌《じょうぜつ》に話す。私はこっちの先輩に言えないことを、パラレルワールドの向こう側に投げた。世界線を超えてしまうと後腐れが無くていい。私が先輩のことを好きだということすら、影の中には告白出来てしまう。パラレルワールドの先輩も私のことが好きらしく、境界線の狭間で私達は両思いになる。

そして、私は満を持してこちら側の先輩にも告白した。殆《ほとん》ど勝ち確の告白だ。恥ずかしい話だけれど、断られるところなんて想像もしていなかった。振られた時の私はきっと酷《ひど》い顔をしていただろう。

先輩は他に好きな人がいるらしい。パラレルワールドなんだからそういうこともあるのだ。それでもショックだった。先輩は私のことが好きだったはずなのに。

気まずい私は、先輩の少し後ろを歩いて帰る。夕焼けで伸びた先輩の影を踏むと、そこから「死んじゃえ」と声がした。私とよく似た声だった。

背中に羽が生えた時、正直ちょっとわくわくした。空を飛べるんじゃないかと期待したし、何だか天使みたいだなと思ったからだ。

だから、その羽が全く動かず、あまつさえオレンジ色をしていたことで、私のテンションは急降下する。これじゃあ何の意味もない！

先輩は私を慰めてくれたけれど、重いし邪魔だし、これの所為《せい》で仰向けに寝られない。

先輩はどこかの島に伝承として伝わっている「オレンジ色の羽を持ったキメラ」の壁画をそっと見せてくれた。悪いけれど全く嬉《うれ》しくない。

私は講義に出ることも怠《だる》くなり、部室でよくサボるようになった。大規模な地震と停電が起こったのはその頃だ。

私達は暗い部室の中で助けを待った。寒さに震える先輩を見て、私は天啓を得る。私の羽はこの為に生えたのだ！　私はすぐさま先輩を羽の中に匿《かくま》い、救助が来るまで包んであげた。先輩は私にお礼を言ってくれたので、この時ばかりは羽が誇らしかった。

それから少し経った肌寒い日の朝、私は電車を待ちながら、先輩にしてあげたように自分の身体を羽で包んだ。そして驚く。この中は、冷蔵庫の中のように冷たかった。

私はすぐさま先輩を問い詰めたけれど、先輩は「あの日は暑くて参っていたんだ」という供述を崩さない。絶対に。

足跡が深くなる

死者が蘇《よみがえ》るという街に向かった。そこは北の果ての寒さの厳しい場所であり、電車もバスも通っていない。自力で歩いて行くしかないのだ。けれど、私は先輩を取り戻す為に厳しい道を行く。私と似たような人は多いらしく、雪道の中にはぽつぽつと足跡が付いていた。そして沢山の人の骨も。

長い旅の果てに私は死者が蘇る街に辿《たど》り着いた。住民たちはみんな私を歓迎してくれたけれど、意外なことに死んだ先輩を取り戻すのには反対された。けれど、ここまで来て先輩を取り戻さない選択肢はない。

私は街の外れにある洞窟で先輩を取り返す。先輩は確かに生き返ったけれど、何も喋《しゃべ》らず上手く動けない。この寒い環境下では身体がちゃんと蘇らないのだ。

私は先輩を背負って雪道を帰ろうとする。けれど、すぐに私の身体は悲鳴を上げた。先輩は微《かす》かに息をしていたけれど、雪道では単なる重荷でしかなかった。

堪《たま》らず私は街に引き返す。住民たちは再び私のことを歓迎してくれた。そして、先輩を洞窟に戻すように勧めた。私はそれに素直に従う。

先輩を戻したのは、このまま雪道を行ったら先輩のことを嫌いになってしまいそうだったからだ。そのくらい旅路は長い。私は人間の感情の脆弱《ぜいじゃく》さを知っている。

それでも、先輩の重みの分だけ深くついた足跡を見て、私は身勝手に泣いている。

先輩の身体から花が生えてくる。向日葵《ひまわり》とか椿《つばき》とかそういうものだったら良かったのに、何かよく分からない薄青い花で正直地味だ。爪の間を割るように生えてくるそれは、何だか痛々しく見ていられない。痛くは無いのかと尋ねると普通に痛いと言われた。受難の日々だ。

私は先輩から生えてくる花を毟《むし》る係を買って出る。このまま放っておくと先輩が花で見えなくなってしまうからだ。毟ってみると先輩の花はいよいよ雑草にしか見えなかった。とてもそのまま売り物にはなりそうにない。しかし、捨てるのも癪《しやく》だ。私は先輩の花をすり潰し、よく分からない液体にして売る。舐《な》めると苦いし色は薄いしであまり有用でない代物《しろもの》だ。しかし、そうこうしている内に、この液体が万病に効くことを知る。

先輩の花は高値で取引されるようになり、私達はにわかにお金持ちになる。依然として先輩の花の毟り係は私だったので、分け前は丁度半分だった。

誰もが私を羨むようになる。何しろ花を毟るだけの簡単な仕事だ。先見の明があると言う人もいた。何にせよ、世間の人から見て私は随分と上手いことやったようだった。

私は花が売れなかった頃も先輩の毟り係だったけれど、今となっては誰も信じないし、私も自分の気持ちを証明出来ない。近頃目の端から生えてくるようになった花は相変わらず冴《さ》えない風体の、雑草みたいな花だ。私はこれの押し花栞《しおり》だって持っている。

きっと来世も忘れない

いよいよ殺されてしまうという段になって、私は最後の電話を許される。誰でも一人電話を掛けていいという破格の条件だ。冗談めかして「警察でもいいんですか」と尋ねてみたものの、相手は笑いもしない。私だって、今警察に連絡しても無駄だと分かっている。私はここが何処《どこ》なのかすら分からないからだ。

先輩に連絡したのは、先輩の電話番号くらいしか覚えていなかったからだ。だって、わざわざ電話するような相手なんかいないし。私は相手に先輩の電話番号を伝え、電話を掛けてもらう。知らない番号からだったからか、先輩はしばらく待ってから私の電話を取った。

私は先輩に他愛の無い話をする。何でいつもと違う番号から掛けてきたんだ？　という質問は躱《かわ》して誤魔化した。どうして掛けてきたんだ？　という質問も躱して誤魔化した。この電話を切ったら死ぬんだ、という事実に泣きそうだった。

先輩が来週発売されるミステリー小説の話をしてくれた辺りで、タイムリミットがやってきた。私は浅く息を吐きながら先輩との会話を切り上げる準備をする。

そうして電話を切る寸前に「番号を暗記してるのか」と先輩が嬉《うれ》しそうに言う。その瞬間、私は自分の中の好意に気がついたけれど、先輩に向かって愛を叫び出す寸前、私の額《ひたい》が撃ち抜かれる。本当に良かった。先輩に呪いを遺して死んだりしなくて良かった。

先輩が度々何処《たびたびどこ》かに瞬間移動する。山梨からの電話を受けながら、先輩は留年するんじゃないだろうかと思った。この大学は出席に厳しいのだし、先輩は予想不可能なタイミングで遷移する。待ち合わせをして、私の目の前で消えたこともあった。それがトラウマになったから、私は先輩と待ち合わせをしない。

先輩は社会からズレていき、案の定留年した。それだけじゃなく退学もした。この頃になると先輩は屋久島《やくしま》からインド、あるいは札幌《さっぽろ》までをアクロバティックに遷移するようになっていた。大学が各地にあれば良かったのにな、と先輩は真顔で言うから困る。

この瞬間移動を信じてくれる人はそうそういない。目の前でやってみせろ、と言われる度に先輩は気まずそうに目線を逸らし、嘘吐《うそつ》きと罵《ののし》られては二時間後に消える。

私と先輩が会える機会も殆《ほとん》ど無かった。その日は奇跡的に先輩が私の前に瞬間移動してきて、二時間ほど会話をした。久しぶりだからかもしれないが本当に楽しかった。

今私は殺人の冤罪《えんざい》を掛けられ取り調べを受けている。殺された知人の写真を見ながら、私はその時間先輩と一緒に居たことを証言するが信用されない。何故なら先輩は今遠く離れたリトアニアにいるからだ。支離滅裂なアリバイを主張する私に警察は疑いの目を向ける。もっとマシな話をでっち上げればいいのだとは分かっている。

でも、先輩の瞬間移動やさっきの会話を嘘にすることは、私にはちょっと無理だ。

そこに愛が降る

先輩と一緒に歩いている私の前に無骨な拳銃が落ちてくる。ぎょっとしている私を他所《よそ》に先輩がそれを川に投げ込む。拳銃なんて危ないから、その対応は当然正しい。けれど、それから先も私の前には度々《たびたび》拳銃が落ちてきた。

これはとある病気の一種で、この病気に罹《かか》った人間は、近くにいる人間への強い感情を具現化してしまうらしい。この珍妙な病に罹った私は、一層この事態に困る。私は先輩のことが嫌いじゃないはずなのに、私の感情は暴力的で、とてもじゃないが良いものには思えなかった。先輩は私に気を遣って、病気に罹っているのは自分の方かもしれないと言ってくれたが、そっちの方が尚更《なおさら》辛《つら》い。先輩が私に抱いている感情はもっと柔らかいものであってほしい。私は出現した拳銃を拾いながら、先輩から離れる決意をする。

離れてしまえば楽なものだった。もういちいち何かが落ちる音に怯《おび》えなくてもいい。きっと私は先輩のことがそんなに好きではなかったのだ。手元の拳銃を弄《いじ》り回しながら、そんなことを思う。好意を乗せるにはあまりに無骨なそれを見るとただただ寂しい。

どうしてそんなことをしようと思ったのかは分からないが、ふと私は引き金に指を掛けた。壁に狙いを定めて、忌々《いまいま》しいそれに力を込める。

すると、派手な銃声が鳴り響き、銃口からは鮮やかな造花の束が咲いた。色とりどりの花たちは、主張強く咲き誇っている。それを見た私は、ただただ笑って泣いた。

部室で眠っていたら、いつの間にか身体が親指サイズまで縮んでしまっていた。ここまで小さくなるともうどうしようもなく、私はテーブルの上で必死に手を振って先輩に助けてもらう。何しろ、このサイズになると私の声は先輩に殆《ほとん》ど届かないのだ。耳を極限まで近づけてもらったらどうにかなるけれど、これはこれで会話がしづらい。ともあれ、こうして私のドールハウス生活は始まった。先輩は私のことをポケットに入れて連れ歩いたりもしてくれた。不思議な二人旅でちょっと心が休まる。

しかし、それが数年続くとなれば話は変わってくる。先輩は私の世話に結構な時間を割《さ》き、私を潰さないように細心の注意を払ってくれた。それが先輩にとってどれだけストレスだったか。それに気づいた瞬間、私は先輩の前から姿を消した。

そうして私は、先輩の服の襟《えり》の裏に隠れる。この身体でずっと生活していると、こうしたことにも慣れてくるのだ。私は日々変わる先輩の服を住居として暮らす。先輩はしばらく悲しんでいたけれど、徐々に立ち直って明るくなった。私はそれを寂しく思いながらも、先輩が失《な》くした家の鍵を、こっそり見つけてポケットに戻す。

ポケットの中は雑然としていて、一番居心地がいい。ところで、先輩は緊張した時、ポケットにある小さなブックマーカーに触る癖があった。それは私が昔あげたものなので、それを見る度《たび》に水滴にもならない涙が出てしまう。

努力

これは悪辣《あくらつ》の話だ。この話の責任の一切は私にあるし、先輩は何の関係も無い。先輩は巻き込まれた側の人間だ。そもそもの始まりとして、私が先輩に告白して振られて、それでも私が先輩を諦められなかったのがいけなかったのだ。私は先輩を諦めず、優しく私を拒絶した先輩の跡をつけた。家までついて行き、生活を覗《のぞ》き見てしまった。

そして、私は先輩の好きな人を……正確に言うなら好きな生き物を把握した。先輩が部屋で愛《め》でているものは、肉塊のように見えた。床を這《は》いずるアメーバ状のそれは、身体の半分以上が焼け爛《ただ》れているように見える。けれど、先輩はそれを大切にしているように見えた。先輩は私を「そういう目で見れない」と言った。先輩が愛するものがこれなら確かに仕方がない。

これは悪徳の話だ。この顚末《てんまつ》の一切の責任は私にある。私は私の為に自分に火を点《つ》けたのだから。私は病院に運ばれて、治療を受ける。先輩は酷《ひど》く悲しい顔をしていた。こういうことではなかったのだと知っている。先輩は悪くない。そもそも、あの生き物は単に身体が焼け爛れているわけじゃないのだ。私にはまだ近づける余地がある。

これから私は病院を抜け出して、なおも自分の身体を傷つけるだろう。

でも、これは当てつけでもなければ、好きになってもらいたいわけでもない。ただ、先輩の綺麗《きれい》の中に私も入れて欲しかった。ただそれだけの話だ。

夢の中では栞もいらなかった

最近眠くて眠くて仕方がないので、暇さえあれば寝ている。先輩も先輩でよく眠る。部室は小さな仮眠部屋になり、机を枕にして私達は眠る。そんな寝心地の悪い状況にあったからか、よく夢を見た。夢の中で私は色々な世界を旅する。

私の想像力は豊かだ。寂しい荒野や穏やかな草原、あるいは地獄のような活火山で私は走る。身体の焼け爛《ただ》れる痛みで目を覚ますと、今度は静かな図書室に居た。夢の中の夢だ。妙な入れ子構造。その中で私は先輩に出会う。先輩は現実と変わらない様子で本を読んでいて、これはいい夢だと思う。

そうして目覚めると、私は一人ぼっちの島にいて、そこで無理矢理眠ると、ブリザードの吹く雪山に辿《たど》り着いた。悪夢とそうでない夢のサンドイッチの果てに、私はとうとう目覚めて、廃墟《はいきょ》の中で起き上がる。夢というものが往々にしてそうであるように、覚めたらここが現実だと分かる。このコンクリートと灰の世界が私の世界だ。

またどうにか眠りにつくと、当たりを引いた。夕暮れの海辺で、私は先輩と出会う。

先輩と私は本当は何の関わりも無いのだと思う。夢というものが往々にしてそうであるように、見ている時は現実だと思い込んでいるだけ。私達には眠たい日々も部室も無かった。お互いにきっと酷《ひど》い現実がある。

先輩はいつも本を読んでいる。先輩の現実が本に溢《あふ》れた世界ならいいんだけど。

いつかはキスもしてみたい

先輩と両想いになった時から地獄が始まる。問題点はすぐに分かった。感極まった私が先輩の手を摑《つか》んだ瞬間、先輩が嘔吐《おうと》したからだ。真っ青な顔で震える先輩の背をさすると、先輩は更に震え始めた。先輩は私のことが好きだったけれど、人肌はどうしても好きになれなかった。それ以来、私達の受難が始まる。

人肌に触れなければ恋愛が出来ないわけじゃないので、私達はどうにか気をつけて交際する。こうして見ると、先輩は人混みであろうと上手いこと人間を避けている。すると人混みを抜けてくる先輩は、勢い余って手を私にぶつけてしまい昏倒《こんとう》した。テンションが上がり過ぎである。私は手袋を着けた手で先輩を助け起こし、二人で歩き出す。

事情が事情だから、間接キスの重みといったら無い。先輩はとにかく人肌の触感が嫌いなのだという。私に鱗《うろこ》が生えていたらなあと考えて、頭を振った。そうじゃない。

このまま先輩とは全く接触せずに暮らすのだと思っていた。けれど、事態は変わる。今の先輩は左手だけなら私に触れる。何しろ、今の先輩の左手には触覚が無い。先輩の左手は事故で酷《ひど》い火傷《やけど》を負ってしまったのだ。

けれど、先輩はそれを喜び、無愛想ながらとにかく手を繋《つな》いで歩きたがる。勿論《もちろん》、私は嬉《うれ》しい。ただ、私はあの火災が単なる事故だとは思えないのだ。二度目は無いですよね、という私の言葉に、先輩は薄く笑っている。

先輩が私を模したアンドロイドを作った。声は勿論《もちろん》、性格までも私そっくりのアンドロイドだ。隣に並んだらきっとどっちが本物か分からないだろう。そのくらい精巧な代物だった。先輩にそんな才能があるなんて知らなかった。けれど、あまりにも素晴らしい出来な分、先輩はその街では暮らせなくなった。けれど、先輩は動じない。私似のアンドロイドを連れて、先輩は静かな湖のほとりに向かう。

全てを捨てた先輩は本当に幸せそうだった。先輩を誇る人たちのいないところで、私の複製と一緒に暮らす。複製も複製で、本当に楽しそうだ。素晴らしい。

それにしても、そこまで先輩が私のことを好きだとは思わなかった。まさか、事故で死んだ私の代わりに私のアンドロイドを作ってしまうまでだとは。

幽霊になってから、私はずっと先輩の傍にいた。死人を蘇《よみがえ》らせようとする狂人の元にいた。先輩は休まず開発に励《はげ》み、ついに私を蘇らせた。けれど、私はまだここにいる。

幽霊のまま隅にいる私に、先輩は全く気づかない。何しろ、先輩の喪失は埋まったのだから。

先輩と私の理想的な生活を、私はずっと見つめ続けている。そこにあるのは私と先輩のハッピーエンドだ。でも、先輩の「おはよう」に反応してしまう幽霊の自分がいて、それにちゃんと応える合成音声の自分がいて、それがあまりにも悲しい。

幾星霜

朝起きると部屋の中がシュークリームで埋まっていて、私は真っ先に先輩の仕業《しわざ》を疑う。こういうろくでもないことは大体先輩の所為《せい》だけれど、今回は特に酷《ひど》い。シュークリームは柔らかいのですぐ潰れるし、足の踏み場に困る。既に十個ほど潰してしまった。

その時、カスタードクリームに塗《まみ》れながら怒る私の前に、流れ星が一つ降ってきた。掌《てのひら》の中で、頼りなく光る星が言う。

「ちょっと時間はかかったけれど、ちゃんとお願いを聞いたよ」

そこで私は思い出す。小さい頃、流れ星に食べきれないほどのシュークリームを出してくれるようお願いしたんだった。何光年を超えてのシュークリームだからこれだけ時間がかかったんだろう。

「これで君は世界一幸せだね」と笑う流れ星に向かって、私も笑って「ありがとう」と言う。

実を言うと、願い事には消費期限がある。私はもうシュークリームだけで幸せになれる人間じゃなくなってしまった。過去に戻れたらきっと別のお願いをする。今だって酷く後悔している。それでも、シュークリームは甘くて美味しい。

次の日部室に行くと、先輩がロレックスを着けていた。ポケットからはみ出すのは分厚い札束。大学の近くに停まっていたベンツを思い出す。なんて可愛くない子供なんだ。

想定

部室に電子レンジが導入された。説明書に書いてある『猫を入れたらいけません』の注意書きを見て、先輩が「人間や猫を含む生き物を入れたらいけません、の方がいいんじゃないか?」と真面目に言う。今時そんな都市伝説染《じ》みた注意書きがあるのにもびっくりだけど、真面目に取り合う先輩も可笑《おか》しくて、私は笑う。

「人間を入れたら殺人になっちゃうじゃないですか。わざわざ書きませんよ」

それを聞いた先輩は私を無理矢理電子レンジに入れてスイッチを入れる。私は小さな箱の中で大変な目に遭うけれど、死なないどころか怪我一つしない。電子レンジに入れられただけだ。でも、人間を電子レンジに入れると、入れられた方はとっても痛いのだ。

私は反省し、電子レンジの開発会社に電話をかける。カスタマーセンターのお姉さんが愛想よく応対してくれるので、私は洗いざらいあったことをぶちまけ、注意書きの追加を頼む。お姉さんが言う。

「人間を電子レンジに入れたら殺人になってしまいますので、わざわざ書きませんよ」

そうそう、それ私も同じこと思ってた。

昔から幽霊というものが何故人を呪うのか不思議だった。けれど、いざ幽霊になってみて分かる。あれにはちゃんと理由があるのだ。

ある日私は通り魔に殺されて、山奥の古井戸に投げ込まれた。私は行方不明ということになり、事件自体も風化する。私の死体はゆっくりと腐り、原形を留めなくなっていく。しかし、その中で唯一私を諦めない人がいる。先輩だ。先輩は今でも私を探し回っていて、それが私には耐えられない。先輩は休むことなく私を探し、それに月日を費やす。

私がどこかで生きていると思って探し回る。先輩の人生が私の捜索で食い潰されていく。私は先輩を諦めさせる為に、窓を割り鉄骨を落とし、全治二ヶ月の怪我を負わせる。けれど先輩は諦めず、身体が治ればまた捜索に行ってしまう。可哀想な先輩！

今の私は一つの呪いとなっていて、先輩を苦しめる為だけに存在の全てを燃やし尽くしている。折れたことのない骨の方が少ない先輩は、それでも私を諦めない。分かっている。そういう人だ。だから、私も手を緩めない。

いつか私を見つけたとしても、その私は井戸の底で果てた白骨でしかない。先輩が探している私はここにいる。私の本体は呪いそのものだ。先輩はもう私を見つけてくれたのだ。だから私は今日も先輩を呪う。呪って祟《たた》って今日こそ殺す！

共犯

先輩宛のラブレターを渡された。衝撃だった。あの先輩にラブレターが？　というところと、今時レター！　というところが。先輩に一目惚《ひとめぼ》れしたのだという彼女は、結構な美人だった。先輩には勿体《もったい》無いくらいだ。

私は衝撃のあまり、渡されたピンク色の封筒を失《な》くしてしまった。ゴミ箱に放り込んだ気もするけれど、とにかく失くしたのだ。

すると、次の日はノートを渡された。一面に愛のポエムが書かれたラブノートだ。何故か分からないけれど、私はそれを火にくべる。すると次の日には石版を渡された。私はラブストーンを滝に投げ、愛の無線をアルミで防ぐ。

そんなことが数日続いたある日、彼女が死体で発見される。自殺だった。部室の前で見つかった彼女の死体を、私は台車に載せて山に捨てにいく。穴を掘って埋めている時に、彼女の太腿《ふともも》に先輩へのメッセージが刻まれているのを見た。こんなことで伝えられてたまるか。そして思う。私は先輩の為にここまで出来ない。それは、全然足りないってことなんだろうか？

山を下りると、先輩が待っていた。私は先輩宛の手紙を捨てたことを謝る。何で渡せなかったんだろう。何でこうなったんだろう。すると「郵便局員でもあるまいし」と先輩が笑った。上手いこと言ったつもりですか、と言おうとして、うっかり涙が出た。

茨の国で待ち合わせ

昔から夢見が良いのが取り柄《え》だった。悪夢は殆《ほとん》ど見たことがなく、私が眠るといつでもそこは遊園地であり美しい森であり、穏やかな川だった。これも一種の才能だろうな、と思っていると、突然どかどかと他人が入ってくる。どうやら、私の夢は観光名所として有名になってしまったらしく、沢山の観光客がやって来ては好き勝手にバカンスを楽しむようになった。好きだった夢の中の川も山も遊園地も知らない人が踏み荒らしていく。夢の中とはプライベートだ。他人に好き勝手やられてはたまらない。

幸い夢の中は夢の中なので、私は川のほとりに地雷を仕掛け、山にワイヤートラップを仕掛け、遊園地のアトラクション一つ一つに爆弾を仕込む。こうして悪夢にしてしまえば誰も来ない。私は罠塗《わなまみ》れの夢の中心で、罠にかかる人間を見る。夢の中で人を殺しても罪にはならない。いい気味だ。けれど、私も夢の中を歩けない。仕掛け過ぎた罠は私でももうどこにあるのか分からない。

作り上げた悪夢には誰もやって来ない。退屈な夜だ。すると、久しぶりに訪問者がやって来た。先輩が、何の楽しみも無い夢の中を仏頂面で歩いている。私が何かを言うより先に、先輩が罠にかかって死んだ。だから言おうとしたのに。

目が覚めてから大学に行くと、先輩は夢の中と同じ仏頂面で本を読んでいた。仕掛けたものの位置くらい覚えておけ、と先輩が呟《つぶや》く。先輩は今夜も来るだろうか。

『新・心理学概説』は出席していれば単位が貰《もら》える楽単《らくたん》の講義なのだけれど、授業開始三十分が経つと、教授が必ず「はい、じゃあみんな机に伏せて」と言うのだ。拒否する理由もないので、みんな素直に伏せる。一分ほど経つと先生が手を叩《たた》いて、その音を合図にみんな顔を上げる。私も同じようにする。

「どういうことなんだろうな」

というもっともな疑問を呈するのは隣で一緒に受けている先輩だ。ここぞとばかりに私も頷《うなず》く。

それでも結局『新・心理学概説』には出るし、合図と共に机に伏せる。

机に伏せながら耳を澄ませていると、ミシミシと、古い廊下を歩く時のような音がした。何の音だろう？　数秒後に、教授が手を叩く音がする。顔を上げた私は、何気なく先輩の方を見た。そして、戦慄《せんりつ》する。

別人になっている。

見た目が変わったとかそういうレベルじゃなく、完全な別人がそこに居る。先輩じゃない誰かが板書を写す。私は先輩の代わりに出てきた何かに話しかけられない。だって、この講義を行っている教授は私語に厳しい人だし。講義中の私語とか、絶対、絶対怒られるし。

ステーキも毎日は食べれない

先輩が詐欺に遭って、言葉を全て売り払ってしまった。普段は私のことをちょっと下に見ているくせに、肝心なところで騙《だま》されるなんて。一時間以内に五千万を必要とする難病の子供なんていないるはずがない。そんなに急に手術は出来ないからだ。

とはいえ先輩は落ち着いていた。言葉を売り払う前に、必要な言葉は録音していたらしい。先輩が手元のレコーダーのボタンを押すと、それに合わせて「はい」「いいえ」「大丈夫だ」が流れる。再生ボタンが五つしかないから、録音する言葉は厳選したそうだ。ちなみに四つ目のボタンは「記憶にございません」だった。それそんなに使うかな？

けれど、五つ目のボタンこそなかなか使われない。先輩は先の四つの言葉で会話を回す。前より殊勝ではあるけれど、私はやっぱり退屈だった。

ある日、先輩が命綱であるレコーダーを部室に忘れた。駄目だと分かっていながらも、私は五つ目のボタンを押す。

そうして流れ出したのは、随分昔に私が泣くほど笑った先輩のジョークだった。あまりにツボに入って、私は何度もそのジョークをねだった。

久しぶりに聞いたそれはやっぱり面白い。でも、いつかはきっと飽きてしまうわけで。本当に、どうしてくれよう。

反省

夜に宅配便が来るが、私は出ない。そういうものは相手にするのが一番まずいことを経験上知っている。真夜中に来るものはろくなものじゃない。無視し続けていると、部屋の前に小さな箱を置いて配達員が去っていく。私は開けずに箱のまま捨てる。

そんなことが一週間続いてからぱったりと終わり、私はとあるニュースを見る。世にも奇妙な誘拐事件のニュースだ。なんでも、犯人は使い捨てスマートフォンを箱に入れて見知らぬ人間の家に送るのだという。その見知らぬ誰かが箱を開けて、スマートフォンの電源を入れれば被害者は解放される。一週間の内に誰も電源を入れてくれなかったら被害者は殺される。趣味の悪いデスゲームだ。

「私の箱もそうだったんでしょうか」

「それなら次は開けてみたらどうだ」と先輩が無責任に言う。

その夜、宅配便が来る。インターホンには出ない。配達員が去る。扉の前には小さな箱が置かれている。

私は勢いよく飛び出すと、その箱を開けた。箱の中には目が無くて爪の長い赤ん坊サイズの化物がいて、私に襲いかかりながらゲラゲラ笑う。なんだよ、先輩の馬鹿。私の時だけいっつもこうじゃん。

分岐

部室に入るなり、先輩が薄青いガラスの玉のようなものを投げてきた。触れるとつるつる滑るそれは私の指先からあっさり取り落とされて、派手な音を立てて割れた。床に散らばった破片は小さな氷砂糖のように見える。一個一個がちゃんと光を反射して、ちらちらと虹めいていた。

「これ、何なんですか」

箒《ほうき》を取り出して美しい欠片《かけら》を掃き集めていると、先輩が隣にしゃがみこんだ。そして、親指の先くらいの大きさの破片を拾い上げる。

「可能性が固まったものだ」

「可能性？　可能性ってこんな固いんですか」

「俺だけの可能性なら好きに処分しようと思ったんだが、お前にも関わることだから、投げて天運に任せようとした」

「これ何の可能性ですか？」

「俺とお前が、ずっと一緒に幸せに暮らす可能性だ」

そう言うと、先輩は指先の欠片をひと思いに飲み込んで、いつもの定位置に戻っていってしまった。私は、味の感想も聞けない。

信頼

水族館に人魚がいた。上半身が人間で下半身が魚のその生き物は、くりくりとした目で私を見ていた。水槽に人魚がいる！　と言っても誰も信じてくれない。いよいよ頭がイカれたんだと思っていると、人魚が喋《しゃべ》る。

「お姉ちゃん、助けて。あなた以外には普通の魚に見えてるみたいなの」

魚の涙は見えないのに、人魚の涙は泡になるので見えるのだ。私はそれが悲しくて、助けることを約束する。

とはいえ、脱出劇は一人じゃ出来ない。私は結局先輩に助けを求めることにした。先輩を人魚に会わせて事情を説明し、私達は真夜中の水族館に忍び込む。

先輩は警備員と大立ち回りを演じ、私は人魚のつるつるした手を摑《つか》んで水槽から出し、一目散に逃げ出した。こうして人魚は救い出され、海へ帰ることになった。人魚は健やかな笑顔で「ありがとう」と言う。

本当は、先輩には人魚が単なる魚に見えていたのだと思う。あんなに映画に出てきそうな活躍をしたくせに。

先輩はそしらぬ顔をして人魚に手を振っていたけれど、本当は人魚がいるのは反対の方向だ。それでも間違いを指摘したくなくて、私は合わせてデタラメな方向に手を振った。バイバイ、さよなら。ありがとう。

君は愛しのフランシス

不意に前世の記憶を思い出した！　なんと、私と先輩は前世では恋仲だったのだ！

私は小さな集落の領主の娘で、先輩はそこに住む農民の一人だった。身分の違いから結ばれなかった私達は、月の明るい夜に密会を重ね、来世では一緒になることを誓う。

自分で言うのもなんだが、かなりロマンチックな関係だ。

私はフラッシュバックの余韻に浸りつつ、夢の話であるという体《てい》で先輩にそのことを話す。すると先輩はあっさり前世の記憶があることを認め、その経験が事実であると言ったのだ！

「えっ、じゃ、失われたジェシカとフランシスの恋の続きが」

「だが、その前はどうする？」

先輩はそう言うと、つらつらと別の前世の話をする。ある前世で、私は先輩の村を焼き討ちした騎士だったらしい。またある前世では先輩が私の村の井戸に毒を流したらしい。またある時は決闘で相討ち。あるいは片方が持ってきた先物取引で大損。数えきれないほどの前世が語られ、私は次々とそれを思い出す。ややあって、私は言う。

「水に流しましょう」

先輩は頷《うなず》いて、いつものように本を読み始めた。その姿を見て、一瞬だけ殺してやろうかと思う。前々前世で殺された妻の仇《かたき》だ。でも、先輩はフランシスでもあるから困る。

速度

電車の中で眠り込んでしまい、知らない駅に着いた。私の他に乗客はおらず、仕方なくホームに降りる。古ぼけた駅には改札すら無い。完全なる無人駅だ。この時点で直感する。これはきっとヤバい電車かヤバい車掌《しゃしょう》か、その両方が来るのだ。私は急いで先輩に電話を掛けた。ぼろぼろと泣く私に対し、先輩が言う。

「人間は逃れられないものが怖いのであって、逃げられるものはそう怖くない。お前は列車の中で拷問されるかもしれないが、まだ逃げられる」

「どうすればいいんですか」

「お前に必要なのは速度だ。時速八十キロで走る人間が拷問に遭うことはそう無い」

一理ある。私は早速ホームの端にあるスーパーカブに飛び乗り、時速八十キロで走り出した。

風が気持ちいい。確かにこの速度で走っていれば怖い目には遭わないだろう。世の怪談物語に足りないのは速度だったのだ。圧倒的な速度だけが私を守ってくれる。

ふと、ハンドルを握った手を見る。そこには、ヤスリを持った小さな人間が大量に纏《まと》わりついていた。数十を超えるそれに押さえつけられて、手が離せない。

小人のヤスリが私の肌を破り、骨を粉にする寸前でどうにか呟《つぶや》く。先輩の嘘《うそ》吐《つ》き。

そんな顔をするんですね

先輩とよく似た顔の天使が現れて私に言った。

「俺は未来のお前に頼まれてここに来た慈悲の天使だ。未来のお前は幸せのピークがこの女子大生時代だったと言っていてな、今の内に死ねとのことだ」

「後ろ向きが過ぎる……」

「死ぬ気になったか?」

「なるわけないでしょう」

私は先輩顔の天使を追い返し、講義に向かった。これが幸せのピークで堪《たま》るかと思いながら歩いていると、人間の方の先輩に絡まれた。やれやれ。

「というわけで、過去のお前は自殺を選ばなかった。お前は予定通り、数時間に及ぶ凄《せい》惨《さん》な拷問を受けた末に殺されることになる。力になれなくてすまなかった」

先輩と同じ顔をした慈悲の天使は、そう言って悲しそうな顔をした。あの意地悪な先輩が、絶対にしないような顔だ。縛られた上で猿轡《さるぐつわ》までされた私は、そんな天使に言葉すらかけられない。

その歌が聞こえたら歩みを止める怪獣になりたい

先輩からジャズのＣＤをもらう。真っ白なそれは、先輩がジャズ初心者の私でも聴きやすい曲を集めて作った特別製だった。しかし、私はそのＣＤを聴くことなく失《な》くす。先輩にはとうとう言えなかった。幸い、先輩が感想を聞いてくることはなかったのでバレはしなかった。

ＣＤを返そうと思ったのは、先輩と疎遠になったからだった。先輩はそのまま音楽の道に進み、私達は連絡すら取らなくなってしまった。久しぶりに見た先輩はテレビでジャズの説明をしていた。

私と先輩を繋《つな》ぐものはあのＣＤだけだった。ようやく失くしたＣＤを見つけた時は、なんだか泣きそうになった。テレビの先輩はあの頃のように無愛想な顔で、初心者におすすめのジャズについて語っていた。

震える手でＣＤを再生すると、一曲目が流れ出した。美しく軽妙な音を追いかけるように、テレビから同じ旋律が流れる。先輩がテレビで紹介している初心者用プレイリストと、私にくれたＣＤのプレイリストは全部同じだった。

先輩は私のことを今でも覚えているだろうか。私はそのＣＤを割ってしまいたい気持ちと、いつまでも取っておきたい気持ちの間に閉じ込められる。特別な、特別だったそれの。

軽量

電車に乗っている時に、他人の靴を見るのはやめておけというのが先輩からのアドバイスだった。妙なアドバイスだと思う。靴は意外と人の趣味が出るし、見ていて楽しいというのに。

一番端の席に位置取りながら、対角線上にいる女の子の靴を見る。春には似合わない重そうなファーブーツだけど、リボンがついていて可愛い。隣の子が履いているのはそれよりは軽そうな編み上げのブーツだ。それに、サラリーマンの履いている革靴、お姉さんの履いているハイヒールが続く。こうして見ると端から徐々に軽やかになっていくようで面白い。

けれど、ハイヒールの隣に居たビーチサンダル、その横に座る裸足の人を見て、不安になった。私の正面には、赤い長靴のようなものを履いている人がいる。裸足の次に来たそれが何かはよく見えない。見ようとも思わない。

私は上を向いて、自分の足を見ないようにする。いつもは意地悪な先輩に必死に祈る。降りる駅はあと二つ先だ。それまで私は自分の足を見ずにいられるかどうか。

あそこの教室に割れてる窓があるでしょう？　割れたまま一年近く放置されてる窓です。不思議なことにあの窓について聞くと、誰も彼もが決まって「あの窓、俺がやったんだ」って言い出すんです。一人二人じゃない。私が知る限り、あの窓を割った犯人は数十人近く居るんです。自供してきた人間の中には今年の春に入学した人間も混じっていたので、犯人であるはずがないんですけれど。

そこで私は一つ仮説を立てました。もしかするとあの窓は『そういうもの』なんじゃないかって。あの窓について尋ねられると、自分が犯人だと思い込んでしまう窓なんです。あの窓のことを質問された人間は誰であれ、割った時の音、感触、あるいは高揚までもを語り出す。あの教室に入ったことの無い人間でさえ、です。数十人が、あの窓の殺され方を知っている。

ところで、先輩を呼び出したのは他でもありません。先輩だけに、話しておきたいことがありまして。そこに死体が転がってるでしょう？　知らない相手？　そうですか。私も知らない人です。大丈夫です。そうですね。私がやりました。

それではまた来世

先輩との間に赤い糸が見えるようになった。正直なところ吝《やぶさ》かではなかった。運命を信じていたわけでもなく、先輩が物凄く好きなわけでもないけれど、吝かではないのだ。それとなく聞いてみたけれど、先輩には赤い糸は見えていないらしい。まあそっちの方が好都合だ。何せお互いに見えていたら気恥ずかしいし。こっちに見えているのならまあ大丈夫だろう。

だから、何となく余裕だった。先輩の卒業が決まり部室に先輩がいなくなっても平気だったし、遠いところに就職しても大丈夫だった。結婚式の招待状が届いた時にも、何かの大番狂わせを期待していたくらいだ。そっちの方がドラマチックだし。

結婚式を粛々《しゆくしゆく》と挙げる先輩の指には今でも赤い糸が結ばれていて、私の小指まで伸びている。目を細めても褪《あ》せることのない鮮やかな赤を見ながら、きっとこれはそういうことなのかとようやく悟る。

私の指には未だに赤い糸が結ばれていて、何をやっても切れることがない。でもまあ、何の変哲も無い赤い糸よりはＬＩＮＥの方がずっと強固な繋《つな》がりである。それにもう少し早く気づけばよかった。

休みの日には糸の伸びる方向が、先輩の家のある方向から大型ショッピングモールの方に向いたりなんかして、それだけはちょっと辛《つら》い。

「また来世」という約束に、先輩は確かに頷《うなず》いた。先輩は約束を破ることはあんまり無い。約束も魂も外からは見えないけれど、きっと私達は同じところに生まれるだろう。とか言っていたら数百周の人生を会えないまま過ごす羽目になった。何回か世界が終わった気がするし、時間は一方向に流れるものじゃないのかもしれない。こんなことで世界の真理に触れたくなんかなかった。

生まれ変わった時に、先輩は約束すら忘れてしまったのかもしれない。その可能性は考えないようにした。そうでないと、私は絶望の谷に落ちてしまう。

探しに探して幾千年、世界が緩やかに終わる。今度は私も滅亡に手を貸した。虐殺に次ぐ虐殺。人間なんか誰もいない世界で、私は先輩を探す。これだけ数を減らしたのに、先輩はまだ見つからない。

その時、地面が大きく震えて、ぱっくりと亀裂が入った。あ、と思うより先に、私の身体も飲み込まれる。地割れに潰される瞬間、私は先輩に出会った。いや、それに生まれ変わるのは無しでしょう。確かに時間は一方向じゃないかもしれないし、魂は自由かもしれないけど。

ただ、先輩は堅実だったのだ。私に絶対に出会えるように一番分かりやすいものに生まれ変わったのだろう。でもやっぱり、この星を抱くのは難しい。

硝子の靴はよく溶ける

鉄骨が落ちてきて私は潰れる。人間なんて呆気《あっけ》ない。というか、このご時世に鉄骨を落とす企業ってどうなんだろうか？　でもまあ、落ちてしまったものは仕方がない。けれど、現代の医術は素晴らしい。悪趣味なアートのようになった私は、一年をかけて復活する。拾って集めて寄せて固めた私の身体は、歩く度《たび》にちゃぷちゃぷと鳴るけど、前よりもずっと綺麗《きれい》に仕上がっていた。有《あ》り体《てい》に言えば途方も無い美人になっていた。この身体には一つ、重大な欠陥があったけれど、それが気にならないくらいには。

私は奇跡のモデルケースとして持て囃《はや》され、栄華を極める。スポットライトを浴びるのが楽しくなかったと言えば嘘《うそ》になる。ただ、その楽しさも長くは続かなかった。スターに付きもののスキャンダルが私を焼いて、一躍時の人となる。

なのに、久しぶりに会った先輩は私のことを何も知らなかった。先輩はテレビを見ないのだ。「変わったけど変わらないな」という微妙なコメントをする辺り、先輩も変わらない。

私は先輩に完璧に微笑みかける。そして、一つだけお願いをした。言われるがまま先輩が私を強く抱きしめると、バシャッという音と一緒に身体が破裂する。先輩は驚いた顔をして私を掻《か》き集めるけれど、どうにもならない。まあ一度潰れた代物《しろもの》ですから。医療ミスとは呼ばないことにして。

人間の幸福条件が解析出来るようになった。幸福条件とは、その人間がどうすれば幸福になれるかを示す条件のことだ。ある人は乗馬を始めろと言われ、ある人は屋根を赤く塗れと言われた。それらの条件を満たすと、必ず人間は幸せになるのだ。

私の幸福条件は、映画研究会に入ることだった。元々兼部可能の部活だ。私は迷うことなく映画研究会に入る。映画なんか殆《ほとん》ど観たことがなかったけれど、入ってみたら意外と楽しかった。ここに入らなかったら『ターミネーター』すら観なかったかもしれない。なるほど、幸せになった。

私はその後も幸福だった。無事に卒業し、目標としていた仕事に就《つ》く。私は幸せなまま何となく結婚を決め、日本を離れて北欧に飛び立つことになる。そこに小さな家を買った。きっと幸せになるはずだ。

………というところで、先輩が私を連れ去る。結婚式じゃなくて空港でというところが先輩らしい。先輩がどうしてここまでするのかは分からなかった。

まさか先輩の幸福条件は私なんだろうか？　と思い、こっそり私は先輩の条件を調べる。けれど、先輩の条件は、毎日花に水を遣《や》ることだった。簡単じゃないですか、と言う私に、先輩はそうだな、と短く返した。窓辺には枯れた植木鉢があった。先輩はそういうことが苦手なのだ。

人でなしの恋と献身

首吊《くびつ》りの縄が目の前に下がるようになった。縄の先は空に繋《つな》がっていて、元が何処《どこ》なのか分からない。どうして私の前にこんなものがぶら下がるのか、首を吊らないといけないくらいの罪を犯したのだろうか？

とはいえ、首さえ吊らなければ何の問題も無い。ブラブラ揺れているのは鬱陶《うっとう》しいけれど、無視できる範囲だ。そんなある日、私の居るビルが火事になった。

地上十二階のこの部屋には脱出口がなく、私はいよいよ追い詰められていた。長らく私の人生に寄り添ってきた縄は、窓の外でじっと私を待っていた。私は咄嗟《とっさ》に窓を開け、その縄を手で掴《つか》みそのまま飛んだ。

両腕に全体重がかかる。肩が外れる痛みに、悲鳴を上げた。その瞬間、私に『縄』の痛切な感情が流れ込んでくる。このまま降下する前に、きっと私が持たず落ちてしまうこと、それでも私の力になりたかったこと、首吊り縄に生まれたけれど私を愛していたこと、その全てを私は知る。

ああ、私がすべきことは、この縄に首をかけてやることだったのだ。炎に殺される前に、私を好きだったこの縄に殺されてやるべきだった。私は馬鹿だ。

縄は、来世は気球に生まれてくると言って泣いていた。そんなこと思わなくていいですよ、と言いながら、私はゆっくりと手を放す。

その老猫《ろうびょう》が死んだ時、彼は「猫二郎《ねこじろう》のクローンは作れる?」と言った。賢い彼のことだ。それが根本的な解決にはならないと知っているのだろう。けれど、感情が理屈を追い越すこともある。

私は猫二郎は寿命であったこと、クローンを作ってもそれは猫二郎ではないことを言って聞かせる。彼はまだ納得がいっていないようで、涙を流しながら私の話を聞いていた。私達は猫二郎を埋めて、丁寧にお墓を作る。

クローンは、同じであって同じじゃない。それに、今の技術ではクローンは作れても、成長を促進することは出来ない。あのふてぶてしく美しい老猫の猫二郎は戻って来ずに、よく似た子猫が家にやってくることになる。私は彼を寝かしつけながら、明日保健所に猫を引き取りに行こうと言う。

彼は頷《うなず》いて、私に寝る前の読み聞かせをねだる。その日渡してきた本は、とあるミステリー小説だった。本棚から適当に抜いてきたらしい。私はねだられるまま読み聞かせるけれど、この年齢の子供には難しかったのだろう。すぐに寝てしまった。

この小説を理解出来るようになるには、もう少しかかるだろう。けれど、そう遠くはないはずだ。先輩はこの本を小六で読んだと言っていた。もう少しだ。何せあなたは、やっぱり本が好きなのだから。

虚の残響

人の心が読めるようになってしまった。特殊能力の中では三本の指に入るくらい扱いづらい力だ。人の心なんて読めて嬉《うれ》しいものじゃない。どうせ人の汚い面とか聞きたくない本音とかがボロボロ出てきて情緒が大変なことになってしまうだろう。嫌すぎる。けれど、こういう時に限って先輩と鉢合わせるものなのだ。つらっとした顔をした先輩から必死に顔を逸《そ》らし、心の中を読まないように努める。これで内心死ねとか思われていたら、心が終わってしまう。「何だか今日首の動きが凄くないか？」と言われても無視だ。後輩の挙動不審さを広い心で見逃してほしい。

今日に限って先輩は私から離れようとしなかった。さっさと帰ってくれたらいいのに、私を心配しているらしい。

「俺はいつでもお前の味方だからな」

優しい声で先輩が言う。その瞬間、私はつい、先輩の顔を見てしまった。

先輩は「死ね」だなんて思っていなかった。かといって、言葉通りの善意も無かった。先輩の心はまるで読めなかった。そもそも「無い」のだ。塗り潰された心で、先輩は人間の形だけを取っている。

「送っていこうか、もうすぐ暗くなるぞ」

先輩の心は未だ真っ暗のままだった。虚《うつ》ろの中で、先輩の声はよく響く。

視界の端にずっと何かがいる。それは虫のようでもあるし動物のようでもあるのだけど、正確には分からない。そちらの方に視線を移動すると、何かも同じだけ端に移動するので、ちゃんと確認するのが難しいのだ。

このことを友人に話してみると、飛蚊症《ひぶんしょう》みたいなものだと言っていた。その日から、視界の端の何かは光の粒のようになった。飛蚊症のようなものだと言われて、そうかもしれないと思えてきたのだ。

そんなある日、私はとある学者に呼び出される。曰《いわ》く、私の視界の端にいるのは二百年前から観測されている新興妖怪なんだそうだ。二メートル超えの巨体を持つという妖怪の話を聞いてから、視界の端には光の粒ではなく妖怪が常駐している。

視界の端の妖怪としばらく過ごした後、私はとある本を読んだ。その本には寂しい人間に寄り添う奇妙な生物の存在が書かれていた。視界に映る何かを感じながら、私はほう、と思う。

本をぱたんと閉じると、そこには先輩が立っていた。いつの間にそこにいたんだろうか？　本を仕舞って、一緒に帰る準備をする。

今日の先輩は何だか不思議で、どうしても目が合わない。それどころか、暮れゆく夕焼けに照らされながら、先輩はゆっくりゆっくり視界の端へとズレていく。

惰性の味

街を歩いていると、不思議な老人に声を掛けられた。曰《いわ》く、老人は疎遠になった誰かの現在の姿を教えてくれるのだという。一回三千円の値段は冷やかし防止らしい。私は言われるがまま払ってしまう。というのも、数年前からとんと会っていない先輩の行方が気になったからだ。あんなに仲良くしていた……かは分からないけれど、まあ一緒に長い時間を過ごしていたのだから、これも人情だと思う。

そうして見た先輩は薄暗い場所に居た。沢山の人たちと一緒にどこかの檻《おり》に閉じ込められて、動けずにいる。よくよく見るとそこは、巷《ちまた》で噂《うわさ》の美味しい飴《あめ》の工場だった。あの飴には人間が混ぜられていたのだ！

急いで警察に駆け込んだものの、全く取り合ってもらえなかった。そもそも、その飴の工場の場所は何処《どこ》にも書かれておらず、行くことすら出来ない。実際、あのビジョンが本当かどうかも分からないのだ。私は諦めたふりをして、その飴を買う。

売れているだけあって、その飴は美味しかった。私は毎日飴を買って、毎日食べる。

あれだけ沢山の人間がいるから、先輩はまだ生きているかもしれない。もしかすると、とっくに飴にされてしまったかもしれない。でも、私には飴の味の違いが分からない。これからも私は飴を買うだろうし、きっとやめ時が分からない。そろそろ味に飽きてきた。

でも、やめ時が分からない。

彼は自分が呪われていることに気がついていたが、すぐさま祈禱師《きとうし》の元に駆け込んだりはしなかった。自分を呪っている相手は分かっているつもりだったし、その相手が自分のことが憎くて呪っているわけではないと思ったからである。数年前から姿の見えない後輩は、まあ憎まれ口も叩《たた》いてきたが、自分を殺したいほど憎んでいるわけでもないだろう。

彼は長いこと消えた後輩のことを探していたが、その内に気がついた。確かに姿は見えないが、後輩はある意味でここに居た。道を歩けば鉄骨を落とし、隙あらば壁を崩す後輩は、ずっと彼のことを見ていた。後輩のことは未だに探し続けていたけれど、彼はそれだけでも満ち足りた気分だった。

旅の最中、彼はふらりと綺麗《きれい》な建物や静かな海、あるいは美しい教会に立ち寄った。勿論《もちろん》、そこに後輩がいるとは思っていない。けれど、海に行けば波が自分を襲い、教会に行けば床が抜けた。呪いはどんな場所でも平等に効いた。

生きている彼には、呪いがどんな風に為されているのかは分からない。けれど、波を立てるその瞬間には朝日にさざめく光の海が、床を壊すその瞬間には鳴り響く鐘の音が、後輩の耳に届いているんじゃないだろうか？　そんなことを考えながら、彼は今日も殺されかけている。世界の美しい場所を仰ぎ見ながら、呪われ続けている。

まだ一人ともう一人

先輩と私は真夜中の道を行く。山の中に死体を埋めに行くのだ。先輩は不機嫌そうな、あるいは悲しそうな顔をして運転しているので私も微妙な気持ちになる。目の前で人が死ぬというのは、やっぱりこの人には堪《こた》えるようだ。

当てつけのように目の前で死んだ人間にも先輩は優しい。最後に言い残した「山にでも埋めて欲しい」の一言を忠実に守って、こんな真夜中に車を走らせている。律儀にホームセンターでスコップを買った先輩を見て、私は溜息《ためいき》を吐《つ》きたかった。この人のこういう甘さは、いつかきっと身を滅ぼすだろう。それでも私は何も言えず、黙ってシートベルトを見ていた。

山の空気は冷たく湿っていて、一人で来たら耐えられないだろうなと思った。こんな用事の帰り道にはラーメンでも食べたくなるに違いない。味噌《みそ》ラーメンを啜《すす》る先輩を想像する私の横で、先輩は黙々と穴を掘っている。

充分な穴が掘れた頃には、先輩は汗だくになっていた。それなのに、私をそこに下ろす時はやけに優しい手つきだった。投げ捨ててくれても構わなかったのに。雪のように降り積もる土を感じながら、最後までそう思う。視界が完全な暗闇に閉ざされる前に浮かんだことは、やっぱり帰り道のラーメンのことで、こういう役回りを背負わせてしまったからには、せめてそういうささやかな喜びがあればいいなと思う。

二段落ち

朝起きると私の身体は毒虫どころか半分溶けた肉塊のようになっていた。涙を流そうにもそもそも目がどこか分からないので泣くことも出来ない。頭頂部についている触角から超音波を発して、それでなんとか周りを把握することが出来る。ずりずりと這《は》うようにして大学に向かうと、さりとて大学には行かなければならない。痛かったけれど、口がどこか分からないので叫学生たちは恐れ戦《おのの》いて石を投げてくる。痛かったけれど、口がどこか分からないので叫ぶことも出来ない。仕方なく部室に避難すると、先輩がいた。

私はいよいよ泣きそうになり、ずりずりと先輩に這い寄っていった。自分でも吐きそうな見た目なのに、先輩は全く怖がらない。超音波で「気持ち悪くないですか?」と尋ねると、先輩はゆっくりと首を横に振る。そして、私も知らない場所にある口にキスをしてくれた。

そこでようやく目が覚めた。

「夢オチじゃないか」

「おかしいとは思ってたんですよ。先輩が私にキスするわけないですもんね」

私は身体の右斜め下にある口で、けたけたと笑う。

ところで、私はいつ元の身体に戻れるんだろう?

例えばそこに醤油があったなら

最近先輩を見るとなんだか美味しそうだな、と思うようになってしまった。特に調味料がかかっているわけでもないフラットな状態だというのに、私には先輩が結構なご馳《ち》走《そう》に見えるのだ。部室で二人の時なんて、ちょっとした恐慌である。本を読んでいる先輩を見ながら、私はごくりと唾《つば》を飲んだ。

このままでいると、私はいつか先輩を食べてしまうかもしれない。そうなれば酷《ひど》い悲劇だ。私は先輩と会う時にはしっかり物を食べるようにした。お腹がいっぱいになっていれば、多少なりとも先輩への食欲が抑えられるからだ。先輩を見る度《たび》に覚えるこの感情は特別なんだろうな、と思っている内に、人が人を食べる事件が起こる。

人間が人間に食欲を覚えるという奇病の存在は瞬《また》く間に広がり、治療法が確立される。私の病気も治った。当然のことながら先輩を食べたいと思うことも無くなったし、それどころか前に抱いていたはずの感情もすっかり消えた。

食欲の何処《どこ》かに愛情があった気がするけれど、今となってはもう感情の腑《ふ》分《わ》けは出来ないのだ。悪いとは思ったけれど、部室で眠る先輩の指をこっそり噛《か》んでみる。少しも美味しくない。人間の指は味がしない。

先輩はきっと起きているだろう。指を噛まれて痛くない人なんかいない。それでも先輩は寝たふりを続ける。食べてあげられなくてごめんなさい。今更でごめんなさい。

ボードゲームには寿命がある。例えばはさみ将棋なんかは、お互いがミスをしなければいつまで経っても勝負が終わらない。チェッカーもそうだ。最善手を繰り出し続けていると、必ず引き分けになってしまう。最良の手、最善の展開、取るべき選択肢が分かれば、解析は終了だ。そのゲームは、そこで擬似的な死を迎える。生き物でもないのに命が尽きるなんて不思議だ。それに、最善手を到底覚えられない私には、今でもはさみ将棋は楽しいゲームだし。

将棋や囲碁の寿命はまだ長いのだという。何しろ、パターンが多過ぎるのだ。選べる手が多過ぎる。現代のコンピューターを以《もっ》てしても、将棋を殺すことは出来ていない。正解はまだ見つかっていない。

ところで、昨日、電車で私の頭を殴ったのはとある酔っ払った棋士だった。うだつの上がらない男だ。別に大きな功績を残したわけじゃない。将棋が無くちゃ生きていけないってこともないはずだ。

だから、部室をまるっと埋めるこの紙の束は燃やした方がいいだろう。無表情の裏側で、先輩は相当怒っていたらしい。でも、だからって将棋を殺すことはない。私は将棋が好きだし、これはよくない気がするのだ。

先輩を宥《なだ》める為にも、他の復讐《ふくしゅう》を提案してみようか迷う。なんか、もう少しだけ。

やがて境界の遍在たち

先輩が失踪してしまった。警察に駆け込んだものの、捜査は進展しないどころか手掛かりすら見つからない。この辺りでオチが読めた。どうせ先輩は私の妄想だった！　とかいうことになるのだろう。安い話だ。でも、そんな展開は赦《ゆる》さない。私は先輩のことを必死に思い出し、ありとあらゆる特徴を書き連ねる。先輩に借りたもの、先輩に教えてもらったこと、先輩にもらったものを丸ごと纏《まと》めて警察に提出した。

驚いたことに、それらを抜いたら私の部屋は空っぽになってしまった。ベッドとか机とか洋服とか、そういう最低限を残した部屋はまるで独房みたいに見える。それでも先輩は見つからない。なんだよ、『鉄鍋のジャン』とか絶対私のチョイスじゃないのに。

私は更に突き詰める。先輩の声の入った録音を提出した上で、更に材料を増やした。そういえばこの机は先輩と一緒に買いに行ったのだ。あのカーテンは先輩が選んだ。それらも取り外して、全部提出してやる。それでも先輩は見つからない。なんだよ、金色のカーテンとか絶対に私のチョイスじゃないのに。

カーテンやベッドすらない部屋は、いよいよ最果ての様相を呈する。この部屋も、私の思い出も、意外と先輩塗《まみ》れだった。私の先輩は、一体どこに行ったのだろう。

さりとて生活は続く。何も無い部屋を出て、洗面所に向かう。顔を洗ってから鏡を見て、ようやく安心した。「そこにいたんですね」と私が笑うと、鏡の中の先輩も笑う。

長尺

先輩が死んでからというもの、月に一回手紙が届く。生前に頼んでいたものらしい。先輩からの手紙は他愛の無い内容な上に一行だけだったりしたけれど、それでも私は先輩からの手紙を楽しみに生きていく。手紙は専用の会社から送られてくるので、先に読むことは出来ないのがちょっと歯痒《はがゆ》い。先輩の手紙は小さな箱に詰めて、家の大切な場所に置いておく。

先輩の手紙は私の成長に合わせて内容が変わっていくが、十一月の手紙は何を書いたらいいのか分からなかったらしく、ソシャゲの時候の挨拶みたいになっていた。けれど、延々と届くはずだった手紙がハプニングに見舞われる。手紙を仕舞っていた倉庫が、火事で焼けてしまったのだ。これ程取り返しのつかない事故があるだろうか？

会社はとんでもない額の賠償をして、その代わりに手紙の送付にピリオドを打つ。

私はそんな形で先輩の手紙を失ってしまった。そんな時、唯一生き残った手紙ということで、二年分の先輩の手紙が送られてくる。送られてくるはずだった七十四年分の手紙に比べたら随分少ない。

その中の一通を開けてみて笑ってしまった。十一月分らしきその手紙には、ソシャゲの時候の挨拶のようなものが書かれていた。内容に困る先輩が見えるようで、今まで一番悲しい。

ゆらぐ

そこは映画館であったはずなのに、喫茶店になっている。この前まで本屋さんであったはずなのに、今度は文房具屋さんになっている。その店は、たまに存在がゆらいでいるのだ。信じられないことに！　そのゆらぎをはっきり意識したのは、うっかりその文房具屋さんでボールペンを買った日のことだった。ボールペンは家に帰るまでに、メロンパンに変わっていた。あの店のゆらぎは、買ったものにまで影響するのだ。それきり私はあの店で買い物をしていない。

やがて、法則に気づく。ゆらぐ度《たび》に映画館だったり文房具屋さんだったりするその店は、実際に移り変わっているらしい。今は他の人が見てもパン屋さんなのだ。つまり、ゆらぎとは土地のタイムトラベルみたいなもので、その土地にかつてあったものや、これから出来るものが出現しているのだ。

そんな場所に、たまに妙な民家が現れる。暗い部屋の中が窓から覗《のぞ》けて、倒れた誰かの手首が見えた。手首の真ん中に黒子《ほくろ》がある。よく確認出来ないまま、ゆらぎは終わってパン屋さんに戻る。

あの民家はこれからここに建てられるのだろうか？　あのパン屋さんは美味しいのに潰れてしまうんだろうか？　そんなことより私が気になっているのは、先輩の手首に、同じような黒子があることなのだ。私はあの家に入る勇気が無い。

「庭に何かが埋まっている」と電話があったので、先輩を呼んで一緒に掘り返してもらうことにした。そう大きな庭じゃないので、二人いればどうにでもなるだろう。

庭を掘っていると、小さい頃好きだったゲーム機が出てきた。埋めた記憶は無いけれど、いつの間にか無くなっていたものなので、そういうこともあるのかもしれない。更に掘り進めていくと、今度は古いノートが出てきた。日記らしいけれど、三日坊主どころか二日しか書いていない。子供らしい筆跡で旅行に行ったことが書かれている。

それより深い部分を掘っていくと、大好きだったぬいぐるみや夏休みに使っていたプールバッグが出てくる。庭の穴はどんどん大きくなっていく。

そうして程なくして、人間の手のようなものが出てきた。その瞬間、先輩が「もうやめよう」と呟《つぶや》く。先輩は掘り出したものを全部穴の中に戻し、ゲーム機もぬいぐるみも大きな穴に並べていく。こうして見ると、まるで誂《あつら》えられた棺みたいだった。そうして、中央には私が入れられた。

土をかけられると、湿った重みを感じた。土をかけている側の私は先輩しか見ていないので、この重みに気づかない。こういうところだ、と呟く私の口に、土が入った。舌がぴりぴりする。せめてもの慰めに一緒に埋められたぬいぐるみを引き寄せようとしたものの、手を伸ばした先にあるのはただの湿った土だけだった。

Golden slumbers

眠る前に妙な不安に襲われることがよくある。別に不安なことなんて何も無いはずなのに、ベッドに入った瞬間、考えても仕方がないようなことが沢山思い浮かんで縮こまってしまう。そんなある日、先輩が真夜中の不安を引き取ってくれるという提案をした。引き取ってどうするのかと尋ねると、固めて拷問用に売るのだと言われた。穏やかじゃない話だけれど、使い途《みち》が分かりやすくてよかった。私は早速引き取ってもらった。

眠る前に不安を覚えることが無くなって、スッと眠れるのは快適だった。けれど、よく眠れるようになると、今度は不安の行き先が気になるようになった。私の不安は何処《どこ》かで拷問に使われて、誰かの眠りを妨げているのだ。

身勝手な私は、先輩に不安を買い戻してくれるよう頼む。私の不安で誰かが苦しむのに耐えられなくなったのだ。けれど先輩は「無理だ」と返すばかりだった。何で、と言う私に対して、先輩が気まずそうに顔を背《そむ》ける。

そこで気づく。不安が売れるなんて嘘《うそ》なのだ。きっと、固めた不安は先輩が飲んでしまったに違いない。不安を引き取るメリットがあるなら安心して渡せる。そうじゃないと渡せない。先輩は私のことをよく分かっている。

私は仕方なく、日が差し込む部室で先輩を眠らせ、寝物語として読み聞かせをする。つっかえる度《たび》に先輩が笑うのが悔しい。早く眠ればいいのに。

先輩が首を切られて殺されたので、私は邪法を使って先輩の生首だけを確保する。初めてやったけれど、意外と上手くいった。作ったことのない料理だってクックパッドを見ながら作れば余裕なのである。

生首だけになった先輩を家で匿《かくま》う。先輩は死ぬことだけは免れた。本を読むのが少し大変そうだな、と思うけれど、先輩は消しゴム付き鉛筆を使って器用に単行本のページを捲《めく》る。文庫本だけはどうにもならないので、私が朗読することもあった。

先輩の胴体は現場に放置したので、扱いは殺人事件になっていた。けれど、首も犯人も見つからない。稀代《きたい》の猟奇殺人として、先輩の事件は有名になる。先輩は犯人の顔を見なかった。そもそも、先輩の首を切断した方法もまだ分かっていないのだ。

現場は開けた河原だった。機械的なトリックを仕掛けるのも難しい。解決編さえ出来上がれば、きっとこれは優秀なミステリーになることだろう。

「トリックを教えてくれるつもりはないんだな?」

先輩が事もなげにそう尋ねてくる。私は頷《うなず》く。どういうわけだか、鮮やかな勘で以《もっ》て、先輩は私が犯人であることを見抜いてしまっていた。ううん、悔しい。だからこそ、トリックだけはもう少し考えて貰《もら》わないと。少なくとも、向こう三年は。あれは結構考えるのが大変だったのだ。

肖像

気まぐれに、先輩の絵を描いた。自分で言うのもなんだけれど、なかなか上手く描けたと思う。周りの友人たちにも褒められたし、先輩自身からもお墨付きをもらえた。まあ、それなりに嬉《うれ》しい。その時、急に天気が崩れて、先輩の絵に雨粒がかかった。それに合わせて、椅子に座っていた先輩も濡《ぬ》れる。なんと、この絵に起こったことは先輩の身にも起こるのだ！

それきり、私はその絵を丁重に扱うようになる。金庫に入れるのもなんだから、家の中の一番居心地の良さそうなところに、アクリルケースに入れて飾っておくことにした。逆に言うと、この絵が無事であれば先輩もまた無事を保証されるらしく、先輩はそれきり怪我一つしなかった。

そんなある日、先輩の乗っていた飛行機が墜落してしまう。行方不明になった先輩を、私は諦めない。何故なら絵は私が守っているからだ。この絵がある限り、先輩は生きている。絶対にいつか必ず見つかる。そう信じながら三年が経った。

先輩は三年の月日を経て、とうとう見つかった。なんと先輩は飛行機の破片に挟まれて、湖の底に沈んでいたのだという。先輩の身体が少しも腐っていないと聞いて、私は戦慄《せんりつ》する。

絵の中の先輩は、黒い影になっていた。その影の中で、先輩が悲鳴を上げている。

「先輩の正体は吸血鬼だって聞いたんですけど」と言ってみたところ、意外にも頷《うなず》かれてしまった。真顔でジョークに乗っかられるとどうしたらいいか分からず、私の方も「そうなんですか」と言ってしまう。こうなれば、どちらかが正気に戻った方が負けだった。その日から、先輩は吸血鬼になる。

先輩は日傘を差すようになり、部室でトマトジュースを飲みながら『ヘルシング』を読むようになる。十字架を投げつけた時はわーっと苦しんでくれたけれど、数珠《じゅず》の時は少し悩んでから手に着けた。大丈夫だよアピールらしい。

私は別に先輩が吸血鬼じゃなくてもいいのだけれど、なんとなく面白いのでそのままにしておいた。日傘を電車に忘れた先輩を責めることもしないし、クリスマスも一緒に祝う。

この他愛無い遊びをしていて良かったな、と一番思ったのは、私がトラックに跳ね飛ばされた時だった。正直、自分でも助からないなと思うような事故だった。恐らく、私の下半身は丸ごと何処《どこ》かに行ってしまっているだろう。

そんな状態の私の首に、先輩がゆっくり歯を立てていた。先輩は吸血鬼じゃないので、私は吸血鬼になることもなくこのまま死ぬだろう。あまりのくだらなさに笑ってしまう。

でも、死に際にこんなことで笑えるのって、案外得難《えがた》くないだろうか？

幸福はどこにでも

地中から出てきた巨大な化物が世界を支配して数年が経った。私達の首には爆弾が仕掛けられ、敷地外に出ることがあれば即座に爆破されるようになっていた。そこまでして化物が私達にさせたかったこととは？　驚くことなかれ、大きくて広い迷宮を作ることである。

私達は来る日も来る日も材料を運び、手作業で迷宮を拡張した。手狭になれば二階を作り、小部屋を作り、敷地内に巨大なダンジョンを作る。力仕事が苦手そうな先輩は少しだけ大変そうだった。

しばらく経って分かったことは、化物が迷宮の内容に頓着《とんちゃく》していないことだった。化物は怠惰と脱走に厳しいけれど、作り続ける限り文句は言わない。先輩が本の無い図書室を作ったのをきっかけに、私も広々としたウォークインクローゼットを作る。部屋のモチーフは沢山あった。私達は水族館やプラネタリウムを作る。迷宮はどんどん広くなり、私達の能力も上がっていく。

その日は、かつての部室を作っていた。日当たりの悪い部屋だったけれど、思い出の中では輝いている部屋だ。ちょうど部室が完成した時、勇者が化物を討ち倒し、世界に平和が戻ったという報《しら》せが入った。

迷宮には火が点《つ》けられることになった。燃える迷宮を見ながら、私は少しだけ泣く。

大学近くに小さな本屋さんがあって、入学したての頃はよく通っていた。品揃《しなぞろ》えが良くてお洒落《しゃれ》で、店主の趣味なのか珍しい地図や人形なんかも置いていた。忙しくて行かなくなってしまったけれど、ふと思い出して行きたくなった。

けれど、いくら探しても見つからない。おかしいと思って色々な人に聞いてみると、意外にもみんながその店を知っていた。いい店だよね、と誰もが言う。ただ、あの店は本屋じゃなく駄菓子屋だったと言われた。駄菓子屋？　そう言われたらクッキーを置いていた気もする。あの店は閉店になったとも聞いた。殺人事件が起きたのだそうだ。

色々な人の証言を思い返しながら、私はその場所に向かう。殺人事件は以前の話で、壁から死体が出ただけだとか、店で出していたクッキーに麻薬が練り込まれていたとか、おかしな話ばかりだ。

最終的には「その店に入ったら死ぬ」なんて雑な話になっていた。そんなことがあるはずがない。そうこうしている内に、私は目的の映画館に辿《たど》り着いた。ここに入れば死ぬらしいのに、私は躊躇《ためら》い無くチケットを買う。その時、横から先輩がやって来て「やっぱり二枚で」と言った。

上映を待ちながら、先輩が「ここは俺のお気に入りなんだ」と言う。「私もです」とつらっと返す。

たとえ歩幅が違っても

出来ない方が楽なのではと疑ってから、実力よりも手を抜いている。別に悪気があるわけじゃなく、その方が概《おおむ》ね上手くいくからだ。例えば先輩と二人でやるゲームだって、下手な振りをした方が長く遊べる。消える床の位置を完璧に把握して、器用に二段ジャンプをすると、ゲームはさっさとクリア出来てしまう。だったら、消える床で素直に落下した方がいいのだ。

勉強だってなんだって、あまり目立たない方がいいことを知っている。あまり優秀なところを見せつけてしまうと角が立ってしまうからだ。私はほどほどに手を抜いて、なんとも言えない評価を取る。

それなのに、空気の読めない先輩は私が手を抜いていることを看破し、実力を出せと迫ってくる。人の苦労も知らないで、と思った私は手始めにスマブラで先輩をボコボコにし、数学の未解決問題をいくつか解いて、物理法則を飛び越え、空中浮遊を果たす。

空を飛びながら、私は地上の先輩に言う。今や世界は大騒ぎだ。やがて私のしたことは人類の進歩を早め、結果的に世界をがらりと変えてしまうだろう。けれど先輩は「確かにすごいな」と神妙な顔で言った後、こう続けた。

「でも、スマブラにはあまり関係がない」

私は今日も先輩を倒す。五千回以上負けた先輩は、それでもまだ諦めない。

国の宗教に従わない人は魔女と呼ばれた。旅人である僕には正しく理解出来ない話だが、魔女になってしまうと国を追われ、森や荒野で暮らすことになるらしい。決して楽ではない暮らしだ。不思議に思った僕は、魔女に会いに行く。

魔女は穏やかで優しい人だった。突然訪れた僕を邪険に扱うこともなく、丁寧にもてなしてくれる。夕食の折に、僕は国の宗教について聞く。国の宗教は悪いものではないようだった。周りの人に優しくするとか、死んだら天国に行くとか、悪人は地獄に行くとか、そういうものだ。

魔女が魔女になった理由も聞いた。昔、魔女には「先輩」が居たらしい。その先輩がまず先に国の宗教を信じるのをやめたのだそうだ。魔女はその先輩を追って、国を出た。先輩は何が嫌で国を出たのだろうか。そもそも、その先輩は何処《どこ》にいるのだろう。すると魔女は、寂しそうに首を振った。

「あの宗教は生まれ変わりを肯定していないんですよ。果たして天国と地獄で引き離される可能性があるのなら、先輩は生まれ変わりに賭けたかったんでしょうね」

不思議な理由だった。僕は魔女に、あなたも生まれ変わりを信じているのかと聞く。

魔女は当然だというような顔をして笑っていた。そうじゃなきゃこんなに待たないですよ、と目を細めて呟《つぶや》く。

ある一人の魔女の未来語り

村の外れに魔女が住んでいる。その魔女に会うと魂が抜かれてしまうという噂《うわさ》が流れていたのだが、僕の魂が抜かれることはなかった。魔女は浮世離れした雰囲気を醸《かも》し出してはいたものの、普通のお姉さんに見えた。魔女はうかうかと自分の住処《すみか》にやってきた僕をもてなして、とっておきのクッキーを出してくれる。

仲良くなって分かったのだけど、魔女は災いをもたらすどころか僕たちをさりげなく守ってくれているのだ。魔女は自分の身を呈して川の氾濫《はんらん》を止め、作物がよく育つように祈りを捧《ささ》げてくれている。それは僕たちの村だけに留まらず、色々な村で同じことを行っているそうなのだ。

どうして人間たちの為にここまでしてくれるのかと尋ねると、魔女は笑って、先輩という人のことを話してくれた。かつて魔女が暮らしていた場所では大変な災害が起こり、その先輩も巻き込まれて死んでしまったのだという。

魔女は手を尽くして先輩を蘇《よみがえ》らせようとしたのだが、結局、途方も無い手間がかかる方法をとることになったのだそうだ。魔女はその最中なのだという。

どういう意味なのかは分からなかったけれど、僕は魔女が先輩に会えたらいいな、と思った。あとどのくらいで先輩に会える？　と尋ねる僕に、魔女は辺りを見回しながら「まだまだ中世くらいだもんなあ」と、のんびり答える。

私は一本の美しい魔剣になり、先輩を所有者に選ぶ。人間でありながら剣になった私と、選ばれし勇者になった先輩に敵は無い。けれど、問題となったのは、この世界に魔王や敵が存在しないことだ。

魔剣は使わなければ意味が無い。敵のいない世界で魔剣になった私は、段々と自壊し始める。それを見た先輩は、魔剣の私で竹を切り始めた。自壊は少しの間だけ止まるが、竹は敵じゃない。こんなものは単なる気休めだ。

今度は、戦争を止める為の戦いに出ることにした。先輩は魔剣を持っている勇者なので絶対に死なず、戦争は早々に終わる。

そうなれば、先輩は新たな敵を見つけなければならなかった。でも、もう先輩を敵に回そうとする人はいない。敵を作るとしたら、もっと概念的なものになった。

先輩はこの世のあらゆる悲しいものを魔剣で排除していく。魔剣の力で世界は動き、ユートピアが完成する。ユートピアには一定層反逆者が出てくるので、敵には困らなくなった。その内に人間が減り、滅亡しかけたので、滅亡しかけた世界を破壊する。

今、私と先輩は無の世界で過ごしている。敵は退屈だ。概念を破壊出来る私達は、退屈を殺し、また殺し、今もまだ退屈を覚える度《たび》に殺し、また殺し、今もまだ退屈を覚える度に殺し、また殺し、でも先輩はここに残ってくれているから、私はそれでいい。

forget you not

私は突然殺されてしまった。大掛かりな物理トリックと、その為に建てられた夢幻荘という奇妙な建物、それに意外な犯人が話題を呼ぶ。動機はなんとこの事件を美しく創り上げることだったようで、それに巻き込まれた私は物凄く不運だったわけだ。

しかし、この事件はこれでは終わらなかった。先輩だ。先輩がこの事件をルポルタージュに纏《まと》め上げ、勝手に出版したのだ。それも、事件を過剰に美しく飾り立てて。

私の事件は夢幻荘事件と名付けられ、世界で一番美しい殺人事件と呼ばれるようになる。ルポルタージュは飛ぶように売れて、映画化やドラマ化がすぐに決まった。

反面、先輩は大変な非難に晒《さら》された。死体を使っての金儲《かねもう》け、ともすれば犯人側とも取られてしまいそうな発言、あるいは生前の私と先輩が知り合いであったことも議論を呼び、私は一連の流れを幽霊となって聞いていた。私の取り憑《つ》く夢幻荘には連日沢山の人が訪れる。殺人事件を芸術作品と並べることのグロテスクさを味わいに、あるいは繰り返される議論を煮詰める為に人々はここに来る。

私は幽霊なので知っているのだが、先輩は一連で稼いだお金を殆《ほとん》ど使っていない。最近の一番高い買い物は夢幻荘に供える為の胡蝶蘭《こちょうらん》で、私はそのやたら高い花が墓に供えるには豪勢すぎることも知っている。

先輩が悲しみと怒りを捨てていたので、家に匿《かくま》うことにした。悲しみだろうと怒りだろうと先輩は先輩なので、捨てるわけにはいかないのだ。けれど、これが結構大変だった。先輩の悲しみは四六時中嘆《なげ》いているし、先輩の怒りは昼夜を問わず燃え滾《たぎ》っている。そんな二人との生活は本当にしんどいのだ。

反面、悲しみと怒りを捨てた方の先輩は本当に人格者になっていた。穏やかで優しくて、それに話していて楽しい。何かが正しくないと思うのに、捨てられた先輩よりも、こっちの先輩がいいなと思ってしまう。私にはもう先輩が二人もいるのに、この先輩を選んでしまいたくなる。

日に日に私は先輩の悲しみと怒りを持て余す。そうして二人が喧嘩《けんか》をして家をめちゃくちゃにした日、私は二人に毒を盛って殺してしまった。

先輩の遺体を森に埋めた後、私は悲しみも怒りもない先輩と付き合い始める。先輩はどんな時でも穏やかだし落ち着いている。

これは本当によくない結論だと思うのだけど、私はやっぱりこっちの先輩の方が愛《いと》おしいと思う。感情的な人間と暮らしていくのは大変なのだ。

それはそれとして、先輩は今度、残った不安すら切り離して捨ててしまう予定らしい。私はそれをまた拾ってしまうんじゃないかと思って、他人事のように心配している。

不在の星間

先輩は記憶をよく落としてしまうので、私が集めて拾ってあげる。落としてしまう記憶の大半は他愛の無いものなのだけど、分け隔てなく元に戻した。そんな記憶だって大切だと思うのだ。

けれど、私の考えは半分正しくて半分間違っていた。人間にはやっぱり忘れることも必要だったようで、全てを詰め込もうとした先輩の頭からは他の記憶が星屑《ほしくず》のようにぼろぼろとこぼれ落ちた。取捨選択をしなければならないのだ。私は一緒に話した他愛無い雑談の記憶を捨て、二人で行った映画の記憶を残す。

そんな取捨選択を人生の間中繰り返すなんて狂いそうだと思うだろうか？　その通りで、実際狂った。先輩の過去を決める時、私はどうしても自分との記憶を優先したり、他の人との会話を切り捨てたりしてしまう。この絶妙なエゴが、私の精神を削るのだ。

そうして見つけた妥協点が今の状況である。きっと不思議に思われるだろう。何せ、先輩は私の名前すら覚えていない。そんな風に調整したから当たり前の話だ。そう、私は過ごした時間だけを残し、私個人に関する情報は全て捨てた。

私は今の塩梅《あんばい》で満足している。捨てる何かを選ぶならこれでいいと思っている。

なんていうのも全部建前で、私は私の名前を必死で思い出そうと頑張っている先輩が好きなだけなのかもしれない。

隣に引っ越してきた人が爆弾だと知られるや否や、私達の半径数キロメートルから人がいなくなる。当然だ。爆弾が爆発すれば死んでしまう。けれど、私だけは引っ越さなかった。何しろここは家賃が安い。少しだけ歳上のその人を、私は先輩と呼んで隣で暮らす。

このアパートは都心に建っていたので、先輩は当然ながら立ち退《の》きを要求される。この街には沢山大切な施設があるのだし、避難をした人達はみんな家に帰りたいのだ。先輩はみんなの求めに応じて、人里離れた山奥に暮らすようになる。私も一緒に引っ越したのは、先輩に生活能力が無いことを知っているからだ。先輩は放っておくと、平気で炒飯《チャーハン》だけを食べて暮らす。私が遊びに行くことで、渋々まともなご飯を食べるのだ。

ところで、いつまでも先輩の隣人でいる私の存在も私の存在で奇矯《ききょう》に思われるのだった。隣人が爆発するかもしれないという恐怖に怯《おび》えて暮らすのはどういう気分なのか、という話だ。私はそれについて上手く答えられないが、その質問を皮切りに私と先輩は恋人になる。

そうしたある日、都内に遊びに出掛けた私はうっかり車に轢《ひ》かれてしまう。自分の身体がぐしゃぐしゃになるのを感じながら、私はこれだよこれ、と思う。だって、先輩がいつ爆発するか分からなくても、ねえ。

なり損ないの楽園

宇宙で死んだ人の魂は何処《どこ》に行くのだろうと思ったら、一番近くにある惑星の天国に引き寄せられることを知った。というわけで、私の魂は知らない惑星に引き寄せられる。まさか宇宙で死ぬとは思わなかったし、こんなにわけ分からない惑星に墜落するとも思わなかった。わけ分からない惑星の天国には人間が一人もいない。

この辺りまで人間が来ること自体あんまり無く、必然的に誰かが天国にやって来ることもない。そもそも、人間用に天国が作られていないので殆《ほとん》ど更地だ。これはもう地獄と変わらない気もしてきた。

そんな惑星に、宇宙船が不時着してきた。幽霊の私はふわふわと浮いて宇宙船を見に行く。するとそこに居たのは先輩だった。死にかけの先輩の魂が私の天国にやって来ようとしている！

私は彼岸で先輩を見る。泣きそうになった。けれど先輩は私を見ると猛然と引き返し、意識を取り戻して宇宙船を直し、飛び立っていった。

私は知っている。幽霊だから分かる。先輩は宇宙の果てにいるだろう私のことを探し出すまで死ぬわけにはいかないのだ。だから、きっとギリギリで持ち直したのだろう。

先輩は天国なんか信じていないし、私が死んでいるとも思っていない。だからこそ、ここにいる私には気がつかない。いつか先輩はここにもう一度来てくれるだろうか？

葬式で泣いてくれる泣き師という職業が巷《ちまた》にはあるらしく、私は祖父の遺言に従って泣き師を呼ぶ。そして、実際に打ち合わせの段になって、私は泣き師になっていた先輩と会う。先輩がそんな仕事に就《つ》いていることに驚いたのだが、先輩は上手く泣いた。

先輩の泣きは上々で、それから先輩は急に有名になる。インタビューに答える先輩はとにかく感情移入が大切だという話をして、一番怖いことは？　という質問に大切な人の葬式に泣き師として呼ばれることだと答えていた。

それから私は親戚の葬式の度《たび》に先輩を呼んだ。先輩はその頃にはかなり忙しくなっていたのだけれど、私が依頼した時は必ず来てくれた。その時だけ、私達は七夕《たなばた》の真似事のように会話をする。

ある日私は病に倒れ、長く病院に入ることになった。私はそう深刻に考えてはいなかった。周りは必ず治ると言ってくれていたし、私もそのつもりだった。

けれど、病院にやって来た先輩が私にプロポーズしたことで、私は自分の死を悟る。いつかのインタビューを思い出す。先輩は、何も知らずに仕事場にやって来て、そこに私が居る可能性に怖くなったのだろう。本当に難儀な仕事だ。

私の葬式でも上手く泣けるんですか？　というと、寂しそうな顔をした先輩が「イメージトレーニングは万全だった」と言った。

定点観測

先輩の様子を逐一映し出してくれる魔法の写真を手に入れた。写真の中の先輩は現実と連動して動くので、私は密かに先輩を観察することが出来た。読書をしている先輩、買い物をしている先輩、眠っている先輩を私は見る。こんなことしていていいんだろうか……と思いながらもやめられない。

この写真が危険物だと知ったのはそれからすぐのことだった。雨に降られて、写真が濡《ぬ》れてしまったのだ。濡れた写真を懐に入れて先輩に会いに行った私は驚愕《きょうがく》する。室内に居た先輩が写真と同じように濡れていた。写真がダメージを受けると、現実の先輩もダメージを受けるのだ。

それから私は写真を大事に保管するようになるが、元々ぞんざいに扱っていたからか、写真はどんどん劣化していき、先輩も同時に衰えていった。苦肉の策で私は先輩の写真をスマホで撮る。データなら劣化しない。スマホの中の先輩はまたも動き始めるが、スマホの画面が割れた時に現実の先輩に起こった惨状を見て私はまたも恐ろしくなる。私は更にパソコンにデータをバックアップし、魔法の転写を行うが、今度はパソコンのクラッシュに怯《おび》える日々が始まった。

今、度重なるダメージを受けた先輩は昏睡《こんすい》状態に陥っている。私は動かない先輩をタブレットで観察している。タブレットは昨日買ったばかりだ。五年保証だと聞いている。

箸遣いが壊滅的な私と割と綺麗な先輩

私はお箸《はし》を使うのが壊滅的に下手だった。人は何故箸を使うのが下手なだけで、人間性まで攻撃してくるのだろう。私はエビフライすら摑《つか》めないけれど、箸で人を刺したりとかはしないのに。でもまあ、批判されるのは普通に傷つくので、私はあまり人前で食事をしないように努めた。先輩の前でだって殆《ほとん》ど物を食べなかった。けれど、それをずっと隠し通しておけるはずがない。私の箸遣いはあっさりと先輩にバレた。特に気にした風でもない先輩に、わざわざ自分から「酷い箸遣いでしょう」と言う。しかし先輩は不思議そうな顔をして、気になるならスプーンやフォークを使ったら良いんじゃないか？　と言う。

その日から私は箸を見限り、フォークとスプーンで食事をするようになる。先輩も何故か追従して箸を捨てた。流されやすい人だ。俺も箸が苦手だったんだ、と言う先輩の箸遣いが美しいことを私はちゃんと知っている。

そういうわけで、私と先輩はざるそばもフォークでくるくると巻いて食べる。これだと啜《すす》れないけれど、意外と便利だ。蓑虫《みのむし》のようになった蕎麦《そば》をケーキのように食べる。

だから、私達の夕飯はざるそばだったけれど、フォークが食卓にあった。いきなり入ってきた強盗の首筋に刺さった二本のフォークがそれだ。世界には多様性があって、たまに役立つ。まあ、箸でもこうしただろうけれど、箸なら折れていたかもしれないし。

引き継ぎ

私が咳《せ》き込んだ時に赤い蛇が口からにゅるんと出てきて、私は最初それを血だと思って死ぬほど驚く。そして、それが血じゃなくて赤い蛇だと知ってからは驚くとかではなく思い切り倒れて数時間床で昏倒《こんとう》する。

私はすぐさま病院に行くが、蛇は既に私の内臓の色々とすげ替わっており、摘出すれば私の命が危ないのだという。嘘《うそ》みたいな話だが、私と蛇は共存する。

ともあれ、咳《せき》さえしなければ蛇は表に出てくることはない。蛇は日に日に大きくなり、私の身体の中身に成り変わる。けれどまあ、生きていけるなら問題は無い。脳さえ元のままなら……と思っていたけれど、その内私は脳まで蛇に食われたことを知る。というのも、先輩のことがそれほど好きじゃなくなっている自分に気がついたのである。先輩に蛇を殺した経験はあるかと尋ねると「一度畑に居たのを」との答えだ。

脳を食われていく私は、食い潰される残りの時間を何に使ったかというと蛇との対話に使った。と言っても、一方的に話すだけである。先輩がどんな人でどんなところが好きかを。先輩は確かに蛇を殺した経験があるけれど、この街に畑は無いよ、なんて話を。

蛇はどんどん大きくなり、私の行動を操るようになるが先輩を殺さない。蛇も先輩を段々好きになってきているのだろう。蛇のことだから分かる。

私が最後に教えるのは風邪の予防法になるだろう。どうぞ咳き込まないように。

先輩の悪い噂《うわさ》を流す。行くところ行くところでトラブルを起こしては、先輩に濡《ぬ》れ衣《ぎぬ》を着せる。先輩は気づいていないけれど、先輩の評判といったら最悪だ。正直言って先輩の見た目はあんまりよろしくないから、その相乗効果もあるんだろう。私はその様子を見てほくそ笑んでいる。先輩に指される後ろ指と、投げられる石を愛している。

少し前の先輩は聖人のようにもてはやされたりしていたのに、今はもう見る影もない。みんな飽きっぽくて流されやすいからだ。この風当たりの強さに気がついていないのは当の先輩だけだ。その鈍《にぶ》さにつけ込むように、私の行為はエスカレートしていく。先輩のことをいい人と呼ぶ人なんて殆《ほとん》ど居なくなっていく。

そうだ、それでいい。もう誰も聖人だった先輩を覚えていない。燃え盛る建物の中から後輩を助け出して、顔全体が焼け爛《ただ》れてしまった先輩のことを。

先輩はいい人だったので、そのことも善行として讃《たた》えられた。馬鹿な話だ。消えない傷を負った癖に、それを善行で片付けるなんて。

だから、その肩書から引き剝がす。先輩がいい人だって、誰もが忘れるまで私はやめない。

「無事で良かった」なんて言葉で救出劇を終わらせない。先輩はいい人なんかじゃない。私だから助けてくれたんだと思ってほしい。だから、私は絶対に手を緩めない。絶対に。

私の化物だったもの

新種の化物が街に溢《あふ》れるようになり、世の中の愛がしっちゃかめっちゃかになる。この化物は不思議な性質を持っていて、自分が一番好きな相手に変身するのだ。私は路地裏で先輩を見つけて、愕然《がくぜん》としてしまう。まさかこんなに恐ろしい形で気がついてしまうとは……。

私は先輩の形に変わったそれをリビングで飼うようになる。これがもしポメラニアンだったらもっとやりやすかったのに。先輩の形をしてはいるものの、あくまでそれは化物で、私の知っている先輩じゃない。化物は喋《しゃべ》らないし、本も読まない。それでも、少し寂しい雨の夜に部屋にいてくれるだけで愛着は湧いてしまう。

そんな私が岐路に立たされた。先輩が事故に遭ったのだ。先輩の身体はぐちゃぐちゃになり、先輩の身体を構成していた大切なものが使い物にならなくなり、ぼろぼろとこぼれ落ちていった。私はどうにかしなければいけなかった。どうにかしなければ……。先輩の命は助かった。臓器提供を受けたのだ。このタイミングで臓器提供を受けられたのは奇跡といっていい。私は眠る先輩のお腹に耳をつけて、かつての雨の音を聞く。

そうして戻ってきた先輩を完璧に監禁しながら、私は足し算と引き算について考える。ところで、与えたものと同じだけのものを欲しいと思うのは、そんなに傲慢な考えだろうか？

鳴くばかりが得意な子どもじゃないか

夜になると遠くの方でピアノを練習する音が聞こえる。ピアノの音はたどたどしく、決して上手いものではない。けれど私はその演奏が好きで、遅くなった帰り道によく聴きに行く……のだが、その家の周りに『夜にピアノを弾かないでください』という旨が書かれたビラが貼られているのを見て、一理あるなとも思う。確かに、夜にピアノを弾くとうるさい。それらのビラを全部無視してピアノの演奏は続く。たどたどしい演奏が止まっては再開し、止まっては再開する。その内私は、その曲を通しで聴いたことがない自分に気づく。

ピアノの演奏は止まず、さりとて演奏は上手くならない。通り掛かる度《たび》にビラは増えていく。先輩にその話をしてみると、意外にも先輩は興味を示した。私は先輩を誘ってその演奏を聴きに行く。そして、驚いた。今日の演奏は普段とはまるで違う達者なものだった。あまりに感情的で美しいその旋律に、私と先輩はただただ聴き惚《ほ》れる。私がその曲を通しで聴いたのはこの日が初めてだった。

そして、その家は程なくして売りに出された。なんでも、その家では一家心中が起こったのだという。ピアノに被《かぶ》さるように死んでいた少年がゴシップ的に報道されていた。

複雑な気持ちで家を出ると、私の家の前にも妙なビラが貼られていた。そこには夜にピアノの演奏は控えてください、と素っ気ない文字で書かれている。

誤用定着

先輩がタピオカについて尋ねてきた。なんて小癪《こしやく》な奴だ。流行について疎《うと》そうな癖に、一丁前にタピオカに興味を持つなんて！　私は先輩にタピオカとは後輩を大切にすることですよ、と教える。すると先輩はタピオカ屋があんなに沢山ある、誰かに優しくすることがあんなに事業展開するのは妙だと反論してきた。どうしてそこまで知っていてタピオカ本体について知らないんだよ。

仕方ないので、私は先輩をタピオカ屋に連れて行く。初めてタピオカミルクティーを飲んだ先輩はこの摩訶《まか》不思議な飲み物にハマったようで、それから定期的に私をタピオカ屋に付き合わせる。これじゃあタピオカが先輩に優しくすることですよ、の意味になってしまう………。けれど、私は言われた通り付き合ってしまう。

卒業しても先輩は私をタピオカ屋に呼び出すし、私は先輩と疎遠にならない。

意外とタピオカブームも息が長いものだ。先輩はタピオカにすっかり詳しくなって、私が教えた間違った意味なんか全部忘れてしまったはずだったのだが、並んでいる最中に蹲《うずくま》ってしまった私を先輩が撫《な》でて、そういうわけでも無いと知る。先輩は私に優しい。

私は先輩を見上げながら、先輩が死んだことを知っていますよと言う。すると先輩は列に並びながら、一人にしてごめんと言う。先輩は私に優しい。

列の途中でなおも蹲る私に、後ろの客が舌打ちをするが、先輩は私を庇《かば》う。優しい。

先輩と私がいつものように部室で過ごしていると、先輩の身体が光る。なんでもこのサインは、先輩が元の世界に帰らなくてはいけないサインなんだそうだ。実を言うと先輩は別の星から来た不思議生命体で、時が来たら自分の星に帰らなくてはいけないらしい。先輩は光り、ふわふわと浮きながら私にさよならを言う。

けれど、私は赦《ゆる》さない。というわけで、私は空中に浮く先輩を紐《ひも》で括《くく》り、遊園地に売っている風船のように連れ歩く。先輩は不服そうだったけれど、自分の腰に紐のもう一端を括る私を見た後は、されるがままになっていた。

それから先輩は私と嫌な意味で一心同体になるけれど、私は私で楽しかった。先輩が何かにぶつからないよう常に気を張っているのは大変だったけれど。

でも、この生活になるとどうしても上を見がちになってしまう。事故に遭ったのも、多分それが原因だろう。内臓から何から何まで溢《あふ》れさせた私の頭上で、先輩が驚愕《きょうがく》している。悲しいことに、私と先輩を繋《つな》ぐ紐も一緒に切れかけていた。その時、先輩が初めて主導権を握り、私のことを引き摺《ず》る。そうして、死にかけの私を高架下まで連れて行った。

その時、私と先輩を繋いでいた紐が切れて、先輩は自由になる。けれど、自由になった先輩は高架下に引っかかって、いつまでもいつまでもそこに居た。

インフェルノ

先輩が火の中にいる。それが先輩かどうかは分からないのだけど、私には先輩に見える。先輩が行方不明になってから数年が経ったから、正しい先輩の姿かは分からない。でも、先輩に見えた。先輩はライターの炎やコンロの炎の中で揺らめき、炎と共に消えていく。声を掛けてみたけれど、先輩は答えずにずっとその中から私のことを見つめていた。私はうっかりその炎に触れてしまって火傷《やけど》をする。

それからというもの、先輩は私の生活に寄り添う。主に料理を作る時に、私は先輩と会う。煙草《たばこ》も吸わないのにライターを持ち歩くようになった。家の中でなくとも先輩は炎のあるところに出現した。一度、他の人がいるところでライターを点《つ》けてみたことがある。けれど、その人には先輩の姿が見えないらしかった。

先輩は炎の中に居続ける。一体どうして先輩がそんなところにいるのだろう。私の疑問は、先輩が焼死体で見つかった時に解消された。

先輩は旅行に出かけた時に、町外れの宿で人知れず焼死していた。偶然が重なって見つからなかった先輩がようやく見つかって、遅ればせながら弔《とむら》われる。

あれは先輩からのメッセージだったんだな、と思いながら火を点けると、そこにはまだ先輩が居た。焼け死んだ先輩は見つかったのにどうしてだろう？

先輩はこちらを見つめ、私を待っているように見える。今日も先輩は焼かれている。

同じ一日に閉じ込められるという筋立てのフィクションはいくつか知っているけれど、まさか私がそんな状況に陥るとは思わなかった。しかも台風の日に。確かに天気は人間じゃ如何《いかん》ともしがたいところがあるけれど、よりによって台風と一緒にループを過ごさなくちゃいけなくなるなんて。低気圧で頭が痛い。

外は傘が壊れるほどの強風と大雨で景色すらよく見えない。外に出るのは厳しいけれど、台風でガタガタ揺れる家の中で過ごしていると気が狂いそうだ。かといって外に出ても楽しくはない。店は台風で休みだし、雨で寒いしよく滑る。同じ一日を過ごしているとはいえ自然の脅威は凄《すさ》まじく、私は雨風に翻弄され続ける。

それでも、ループを数ヶ月繰り返していると、意地でも外で遊んでやろうと思うようになる。死んだってループは終わらないので、私は台風の中ブランコに乗った。私の挑戦は止《や》まず、ついには先輩を台風の中に連れ出そうとする。先輩は普通に嫌がり「明日にしろ」と言ったけれど、私に明日は来ないのだ。

伊達《だて》にループしていないので、私は段々と先輩を攻略し、先輩は渋々大雨の中公園に付き合ってくれるようになる。びしょ濡《ぬ》れになりながら先輩と遊んでいると、ちょっと楽しくなってくる。先輩も少しは楽しいようで、いつかまたやるか、なんて言い始める。

ループのことは絶対言わない。いつかまたを先取りして、私は密かに笑っている。

そこに在ったが百年目

人間の記憶力が壊れる。壊れた今になって、改めて私達は人間の脳味噌《のうみそ》の素晴らしさを知る。物事が記憶出来なくなった私達は、自分の身体にメモを取るようになる。手帳やメモは何処《どこ》かに置き忘れてしまうので、身体に書くしかないのだ。みんながみんな自分のことやクレジットカードの暗証番号などを書いておく。でも、そんなことを書いていれば、すぐに身体がいっぱいになってしまう。みんな身体を隠す服を着て、どうにかして脳の代わりをさせる。

というわけで私も身体中に色んなことを書く。基本的には昨夜に書いたことをそのまま転記しておくので、書かれていることは須《すべか》らく忘れてはいけないもののはずなのだけど、その重要性が分からなくなってしまうこともある。クレジットカードの暗証番号や、諸々のパスワードの重要性は分かる。あとは私のことも、私を産んだ人間のことも。

でも、心臓の上辺りに大きく書かれた「先輩」の二文字の意味がよく分からない。先輩という言葉は結構流動的なもので、場所や立場によって増えたり減ったりするし。

もしかしたらこの二文字の周りには他に何か書いてあったのかもしれない。けれど私はこの間事故に遭って、この辺りに酷《ひど》い傷を負ってしまったのだ。

有限な皮膚の上を占拠していた他の思い出は、全部全部傷が隠してしまった。でも、傷から逃れた二文字を見ると私は未だ寂しく、何故か動悸《どうき》がする。

私の身体が急に赤ちゃんになってしまって、仕方なく先輩に世話をしてもらうことになる。先輩は社会人になったばかりで、赤子を育てるような年齢には見えなかったけれど、親戚の家の子供という体《てい》で、私は先輩と暮らす。流石《さすが》に迷惑なんじゃないかと思ったものの、先輩は私の言葉を無視して私と暮らす。先輩は大人で、私が赤ちゃんというのは決まり悪かったけれど、背に腹はかえられなかった。

私は自分がいつか戻ると思っていたけれど、それは単なる思い込みでしかなかった。私は歳を取り、自然に大きくなったけれど、一気に遅れを取り戻したりはしなかったのだ。私は七年をかけて小学生になっただけだった。先輩もその分だけ歳を取る。私が成人する頃には、先輩は四十代になっていた。私はすっかり戻った姿で、先輩に感謝を伝える。先輩は無愛想に私をあしらうけれど、その奥には優しさが滲《にじ》んでいた。そこで終わればまだ良かったのに、事はそこでは終わらなかった。私は元の年齢になると同時に、またも赤子に戻ってしまった。再度巡ってきた大人の手で押し続ける。でも、それも永遠じゃない。私は先輩の乗る車椅子を押す。再度巡ってきた大人の手で押し続ける。

きっと私達はすぐに、老人と曾孫《ひまご》に見えるようになる。身体の変化の予兆がある。周りから見たら、赤子が泣いている理由を愚図《ぐず》りだと思うだろう。でも、本当は違う。私は悲しいから泣いているのだ。

繋がり囲む私と貴方

　先輩のＳＮＳらしきものを見つける。先輩はインターネットリテラシーが低いので、本名でＳＮＳをしているのだ。先輩は主に読んだ本について呟《つぶや》いているのだが、たまに変なアカウントに絡まれるだけで、フォロワーがいない。そこで私は沢山のアカウントを作って、先輩をフォローし始める。インターネットの世界でも人見知りな先輩は、沢山の私と本の話をする。

　私だとバレないように、私は沢山の自分を演じ分ける。男性も女性も歳上も歳下も、ありとあらゆる私で、先輩を囲う。先輩は歳上の男性であるところの私に日々の些事《さじ》を話し、大学生の私に軽口を叩《たた》き、歳下の高校生の私にオススメの本を教えてくれる。

　その内に先輩は私にもＳＮＳをやることを勧めるようになる。私は自分の本名をもじった名前でＳＮＳを始め、先輩と繋《つな》がる。先輩は自分のフォロワーを紹介し、私は私と繋がるようになる。

　最近の悩みとしては、先輩が私よりも本好きの高校生に目をかけていることだ。大学受験を控えているその高校生を、先輩は私達が通う大学に受からせたいらしい。彼女が後輩になるのを楽しみにしている先輩がちょっとばかり憎い。

　けれど、受験の相談に乗りながら雑談を交わす先輩の話題は専《もっぱ》ら部室に入り浸る後輩の話で、それを話す時の先輩は随分優しいものだから、私は複雑でならないのだ。

見知らぬ土地で先輩と偽装夫婦として暮らす。先輩と結婚するなんてありえないことだけど、人生は分からないものだ。これを頼んできたのは先輩の方なので、テーブルの下で足を蹴ってやっても先輩は怒らない。ちょっと胸がスッとする。

この場所では私達を誰も知らないから、新婚の嘘《うそ》を誰も見破れない。実際に私は上手くやったのだ。渋々先輩と手を繋《つな》いだり、一緒に星を見に行った。先輩と見たポラリスは一層綺麗《きれい》で悔しい。そして私達は楽しく暮らし、先輩は家の近くの小屋の屋根を塗り、来月の星祭りの出店予約をし、上等な絵の具を取り寄せて、崖から落ちて死ぬ。

少しの間しか生活していなかったのに、その土地の人は沢山先輩の葬式に来てくれた。幸福で穏やかな日々での先輩の死は痛ましかったので、私もたっぷり慰められた。だから、そうだ。誰も先輩の死を自殺だと疑わない。

先輩は死にたがりな癖に、どうしても自殺だと思われたくなかったらしい。だから私に最後のお願いをした。幸福の絶頂で人は死に難い。つまり、私は先輩のお眼鏡に適《かな》ったのだ。私との生活は厭世《えんせい》を隠すだけの満遍ない幸福だと思われていた。だから、吝《やぶさ》かではなかったし協力もした。来やしない未来の話をみんなの前でしてみせた。

悔しくはある。私との赤い糸は先輩の命綱にならなかったのかと。けれど、それが完璧だったからこそ、絞首縄になれたのかとも思うと、一口には言えないのだ。

立場

先輩が留年してしまい、私と同じ講義を受けることになる。つまりは先輩じゃなくなる。歳の差はあるけど、学年上はそうなってしまう。その時は留年した先輩を笑っていたものの、段々と深刻な事態に陥る。というのも、私は先輩じゃなくなった先輩に全く興味を持てなくなっていたのだ。私は積極的に部室に行かなくなり、先輩と連絡を取らなくなる。この変化は私自身も恐ろしく感じるものだった。先輩の立場が変わっただけで、気持ちまで変わってしまうなんて本当に怖い。

これを解決する為の方法は一つしかなかった。私もわざと留年をする。これで先輩は先輩に戻り、私の感情も元に戻った。気味の悪い変化だったけれど、取り戻せたことに安心する。そのまま社会に出て、一層安堵《あんど》した。私達は同じ会社に入らない。これで先輩はずっと私の先輩だ。何しろ歳の差は縮まらない。

そう思っていた私が甘かったのかもしれない。まさか私が先輩の歳を追い越すパターンがあるとは思わなかった、と墓前に花を供えながら思う。

先輩が死んだのは半年前だ。次の誕生日を迎えれば、私は先輩と同い歳になる。先輩は先輩じゃなくなる。そうしたら私は、この悲しみも全部手放してしまうのだろうか。

私はそれが恐ろしい。だから先輩、どうか前を歩いていて欲しかった。墓石の隣に座り込みながらそう思う。頭を預けた墓石は固く、包容力の欠片《かけら》も無い。

先輩の右腕には生まれつき痣《あざ》があり、親指大のそれが私は割と好きだった。金魚の形ですねと私が言うと、先輩はそうだなと言って深々と頷《うなず》いた。それ以来先輩はそれを律儀に金魚と呼ぶようになった。先輩のそういう妙な真面目さが好きである。袖を捲《まく》ると簡単に見えてしまう位置なので、私は剝き出しの先輩の腕の金魚をよく撫《な》でていた。いつか先輩が腕だけになっても、この金魚の痣が目印になるなと物騒なことを言っていたものだ。尤《もっと》も、右腕に限るけれど。

何で突然こんなことを言っているかと言うと、今見ているニュースに関連がある。そこで報道されているのは身元不明の焼死体の話だ。凄惨《せいさん》な暴行が加えられたその死体は、直接の死因すらよく分からないのだという。奇妙なことに、その死体は右腕を自ら切った形跡があるのだそうだ。その所為《せい》で、右腕は未だに見つかっていない。

そのニュースを見てから、私はずっと先輩に電話を掛けている。先輩は出ない。結局焼かれることになったのに、それでも右腕を自ら切り落とす決断をした人のことを想像する。先輩は出ない。人間はどういう時に自分の腕を切るか、ということをみんなが真面目に考えている中、私は金魚の痣を考える。先輩は出ない。

こんな形で身元不明になられたって困る。先輩はニュースを見て泣く私を想像したのかもしれないが、先輩の不在はそれだけでただひたすらに寒い。

心残し

不老不死への風当たりが凄すぎるので、私は適当なところで死んだことにする。歳を取らないことがバレたら私の評判もだだ下がりだろうから、私は若い内に病気で死んだことにした。葬式はつつがなく済み、私は無事に埋葬される。これで、私のことを知っている人間が全員死んだらとっとこ出て行けばいい。定命《じょうみょう》の者よ、さっさと死ね。火葬パートがあるので葬式は最悪だったけれど、先輩が泣いてくれたのでそこは良かった。あの先輩だって、私が死んだら泣くのだ。

先輩は私の墓参りにもよく来てくれて、その都度近況を語ってくれた。先輩があまりに滔々《とうとう》と話し続けるので、実は生きていることを見抜かれているんじゃないかと思ったくらいだった。墓に話しかけるにしても、二時間は長すぎる。トークショーかよ。それでも先輩はやめないし、私は出て行くタイミングを逃し続ける。

それからどれだけの時間が経っただろうか。先輩は今日も私に話しかけにくる。そんな先輩が健気で仕方がないので、少しだけ様子を見に行くことにした。墓の下も少し飽きたのだ。決して寂しくなったわけじゃない。そして私は、すっかり様変わりした世界を見る。私を知っている人は誰も居らず、先輩も当然いなかった。

私はそのまま黙って墓の下に戻り、暗闇の中で息を潜める。その内に先輩がやって来て私に近況を話し始めるけれど、私は泣いてばかりで上手く死んだふりが出来ない。

先輩と離れ離れになったので、私は代わりに電話を掛ける。先輩はたまの無視を挟んで、概《おおむ》ね電話に出てくれる。先輩はあんまり喋《しゃべ》らないで、主に私の愚痴を聞くだけだ。でも、それで構わなかった。私が先輩に求めるのは純然たる聞き役であって、ラジオDJの役割じゃない。けれど、誰かがそこに居るだけで夜の重さは和《やわ》らぐし、先輩が為にならないアドバイスをすることで、私は明日の朝を生きていける。私はダラダラと話を続けながら、ついでのように先輩に今何をしているかと尋ねる。先輩が家に居る、と答えた瞬間に踏切の音と、列車の通過する音が聞こえた。嘘《うそ》じゃん。先輩はもしかすると帰宅中で、それでも電話を取ってくれたのかもしれない。

けれど、その後も綻《ほころ》びは生まれる。明け方の布団の中で取ってくれた電話からは波の音が、全国的な真夏日に掛けた電話からは激しい雨音が聞こえた。丑三《うしみ》つ刻《どき》に子供の笑い声が響いても先輩はそれに触れない。このところ、先輩は自分の状況をおいそれと私に話さない。多分、今置かれている状況のズレを指摘されない為だろう。

残業で疲れ果てた日、私は先輩に電話を掛ける。一頻《ひとしき》り愚痴った後、今日全国的に見えるという流星群の話をする。ややあってから先輩はさっき見た流れ星の話をした。私はそれが嘘だと知っている。そんな流星群は無い。でも先輩はきっとそれを嘘だと知れる場所にすらいないのだ。ただ、先輩は変わらず電話に出てくれる。多分、明日も。

本来あるべき不在の愛憎

パーティーに招待されて、とある部屋に行ってみると、そこには綺麗《きれい》な飾り付けと豪華な料理があった。多分幸せなパーティーだったのだと思う。しかし、招待状の名前をちゃんと確認して血の気が引いた。呼ばれたのは私じゃなく全然関係の無い人だったのだ。どうして間違えたんだろう？

とはいえ、私はそこに居続けた。今更間違えましたと言うのも気が引けたし、周りの人は気づかず私を歓待してくれたからだ。私は誰かの代わりにクラッカーを鳴らし、ワインを飲む。これ好きだったよね？　と差し出された紅茶味のマフィンは確かに好きだった。これも好きだったよね？　と差し出されたイチジクは本来苦手だったけれど、食べてみたら美味しかった。不在の誰かの「好き」を代行しているみたいだった。

パーティーも終わりに近づいた頃、参加客の一人が先輩の話をした。その人は言いづらそうに「あの人、さっさと死ねばいいのにね」と呟《つぶや》く。

私はパーティーから離脱し日常に戻る。それ以来、私はイチジクが好きになり、先輩を憎むようになっていた。勿論《もちろん》、先輩を嫌いになる理由は何も無い。

私は今でも私が席を奪った誰かのことを探している。そして何が何でもこの憎しみを返したい。でも、あの席に座るはずだった誰かは、イチジクの代わりにこの憎しみを手放せたわけで。私がその誰かなら、絶対に嫌いを受け取らない。

先輩と二人乗りをして帰る。先輩が何故か自転車通学に嵌《はま》ったのだ。自転車にハマった先輩は、私を後ろに乗せてくれる。駅まで歩くのが怠《だる》いので、これは素直にありがたかった。先輩は黙々と自転車を漕《こ》ぐのでスピードが速く、振り落とされないように私は先輩にしがみつく。吝《やぶさ》かではない。

その時、二人乗りで走る私達の頭上を巨大な鯨が泳ぐ。私は馬鹿みたいな大声を上げて、うっかり事故を起こしそうになった。けれど先輩もこの時ばかりは怒らずに、びっくりした顔をして鯨を見つめていた。

それからも私達は二人乗りをする度《たび》に空を泳ぐ巨大な金魚や船を見る。ただし、これらのものは二人乗りをしている時にしか見えないのだ。それから私は一人でも自転車に乗るようになったけれど、その時の空は静かなものだった。

私達の二人乗り生活は唐突に終わる。というのも、先輩と私は普通に二人乗りを警察に咎《とが》められたのだ。ルール違反だから仕方がない。それきり私達はもう自転車に乗らなくなってしまう。

それでもあの日見た光景が忘れられなくて、私は誰かにこの話をしたくなってしまう。けれど、二人乗りはいけないことだから自分から話すのは躊躇《ためら》われるし、そうでなくてもこの話をすると、単なる惚気《のろけ》のように捉えられて不本意なのである。

無駄足

先輩が夜の学校のプールに忍び込む。夏休みだし、先輩も少し羽目を外したくなったのかもしれない。この大学には屋外プールと屋内プールが両方あり、先輩が忍び込んだのはセキュリティがガバガバな屋外プールの方だ。水着も持って来ていないやる気の無い先輩は、靴を脱いでプールの縁に座り込んでは、揺らぐことの無い底の線を眺めている。こんなところにいたら非日常に浮かれてもいいだろうに、先輩ははしゃごうともしない。揶揄《からか》ってやろうかと思ったけど、結局やめた。

先輩は最近妙だった。らしくないというか、趣味が変わった。前はミステリー小説ばかり読んでいたのに、今は専《もっぱ》らきな臭いオカルト本ばかりだ。

先輩が熱心に読んでいたのは水鏡を通した死者との交信のページだった。生真面目な先輩はそれにすら真面目に向き合って、満月の夜がいいとかなるべく大きな水鏡がいいとか、ハーブを用意しなくてはいけないとかに、一々《いちいち》蛍光ペンを走らせていた。

私はこういうのを信じていない。ただ、あまりにも先輩が真剣なので、ちょっと笑ってしまう。もし私が生きていたら、大学側が経費削減の一環で屋外プールに水を溜《た》めなくなったことを教えてあげただろうに。空っぽなプールの前で途方に暮れる先輩を大きな月が照らしている。感情の行き場がないのか、先輩はとうとうプールサイドに寝転び始めた。いや本当に、私が生きていたら良かったんですけど。

人の考えていることが読めるようになったので、とりあえず先輩の頭の中を覗《のぞ》いてみる。すると、突然壮大な風景描写が始まり呆気《あっけ》に取られた。誰しも脳内で妄想したりすると思うけれど、先輩はそういうレベルじゃなく、精密で壮大な大河小説を書いていた。先輩は私と話している時でも淀《よど》みなく脳内小説を書き続けているのでちょっと悔しい。三億円を貰《もら》ったらどうするかなんて話をしながら、三万の軍勢を打ち破る物語を書くんじゃない。それでも、先輩の小説は面白いのでつい読んでしまう。

先輩の小説は毎日続いているのだが、その中に私と思《おぼ》しきキャラクターがちょいちょい出てくる。例えば町娘だったり、後宮の姫だったり、あるいは女騎士に私の片鱗がある。先輩は繰り返し立ち現れる私の分身に試練を与えたり、あるいはハッピーエンドを迎えさせたりする。先輩の物語の中の私は、生き生きとしていて魅力的だった。

そんなある日、先輩の脳内小説が唐突に終わる。てっきり先輩が生きている限りずっと物語が続くと思っていたので、私は少し寂しくなった。

先輩の小説が出版されたのはその数ヶ月後のことだった。平台に並んだそれの筋は、私が覗き見ていたものと同じものだった。

ただ、編集上の都合なのか、私であったはずのキャラクターはよく似た別者に変わっていた。私はそれが自分であった時のことを知っているし、人気投票で上位だと嬉《うれ》しい。

ディレクターズカット

走馬灯の編集をして貰《もら》える場所に来たのだけれど、案の定、現時点での走馬灯は先輩で溢《あふ》れていて悩む。というのも、私はもう先輩離れをするつもりだからだ。先輩離れをしても走馬灯に出てきてしまったらたまらない。私は先輩の思い出を消去し、最低限の部分だけを残して帰る。

＊

先輩が不審死をして、私が逮捕される。私と先輩はしばらく何の交流もなかったというのに、どうして私が捕まるんだろうか？　わけが分からない。先輩の配偶者だという人が、先輩の走馬灯を私に見せてくる。するとそこには、私の姿が沢山映っていた。走馬灯にこんなに出てくるんだから、何かしら理由があるんじゃないか、関わりがあるんじゃないかと疑われたのだ。でも、私は知らない。結局、証拠不十分で釈放されたけれど、釈然としない。

＊

そうして走馬灯を見る段になって、先輩の登場シーンが不自然に少ないことと、その先輩が私のお気に入りの横顔だけだったことから、何となく事情を察する。私は馬鹿だ。こんなに恣意的な編集がされてしまっていたら分かってしまう。もっとこう、駄目そうな他愛無い日常的なシーンだけにしておけばよかったのに、詰めが甘い。

夢見がいいことが取り柄《え》なのだけど、それを極め過ぎて王国を作れるようになった。夢の中で私は王様で、自分だけの平和な王国に住んでいる。政治は大変だけれど、国民の為なら苦労は厭《いと》わない。みんなは私の一部に等しく、本当に大切なのだ。会議があった翌日に現実の世界で試験があったりすると辛《つら》いけれど、国の為には仕方がない。

そんな私の王国は数年単位で繁栄し続けるが、ある日唐突に隣国に攻められる。平和だった国は一気に戦争状態に入り、夢の中の私は疲弊する。しかも、何の因果か夢の中の敵国の王は先輩なのだった。

勿論《もちろん》、夢の中の話は夢の中の話なので、現実の先輩には何の関係もない。それでも何だか微妙な気持ちで先輩を見てしまう。すると、先輩も私の方を複雑そうな顔をして見ていた。何だろう、と思うより先に先輩が私に告白をする。

それからというもの、夢の中の戦績は酷《ひど》いものになった。現実の世界で好きになってしまった相手を滅ぼすのは難しい。私の国の軍勢は士気を削《そ》がれ、程無くして全滅した。王である私も処刑台に立たされて死亡する。全く酷い結末だ。夢はそれきり見なくなった。

現実の先輩は私を処刑することもなければ、国を攻めてくることもない。けれど、私の国が滅びた日の朝、先輩がやけに嬉《うれ》しそうだったのが引っかかる。

「何だかハマっているようだったから、」

私が最近ハマっているレトロゲームに、めちゃくちゃ強いプレイヤーがいる。このアクションゲームはスコア次第でランキングされる仕組みになっているのだけど、どうしてもその人に勝てないのだ。私も結構力を入れてやっているのに、全然勝てない。

私は薄々思っているのだけれど、この強いプレイヤーとは先輩のことなんじゃないだろうか？　日々ちょっとずつ更新されていくハイスコア、私を嘲笑《あざわら》うように刻まれるその数字がなんだか先輩っぽいのだ。

それに、プレイしている時間も被《かぶ》っている。何だか大学生っぽいプレイ時間なのだ。おまけにこんなマイナーなレトロゲームを必死でやっている大学生なんて、ますます先輩としか思えない。出くわしたことはないけれど、絶対そうだ。

私はハイスコア更新の為に毎日通いながら、先輩（仮）と会う日のことを想像している。部室で会う時に問い詰めたりはしない。あくまでゲーセンの話に終始するのだ。

そうこうしている内に先輩が交通事故で死ぬ。それでもハイスコアは更新され、件《くだん》のプレイヤーが先輩でないことを知る。私の気持ちは、よく分からない方向に捻《ねじ》れて萎《しぼ》む。

禁じ手だけど、私はゲーセンの店長に先輩の写真を見せる。すると店長は「この子、何度かやってたけど、あのゲーム下手でねえ」と言う。先輩のイニシャルはランキングに載らない。それでも。

美術の実技で、私は先輩を絵に描いた。そこまで絵になる人だとは思っていなかったけれど、我ながらよく描けた。周りの人や先生もやけに褒めてくれて、絵はコンクールに出品されて賞を取る。勝手にモデルにされた先輩は少し複雑そうだったけれど、みんなと同じように褒めてくれた。

先輩の絵はやけに評判になり、各メディアで報じられる。いつの間にか絵の複製が出回り、至る所に先輩の肖像が飾られるようになった。街中で、駅中で、あるいはカフェの壁で、私は先輩と出会う。自分で描いた絵の、私の知っている先輩だったのに、なんだか妙な気分だった。先輩は今や世界一有名な大学生なのだ。オリジナルの絵は部室に飾られていた。

ある日部室棟で火事が起きた。私は絵を取りに行き、炎に巻かれる。私を助けてくれたのはやっぱり先輩だった。絵は燃えたけれど、私も先輩も命は無事だった。

先輩の顔には大きな火傷《やけど》が残った。でも、先輩は責めない。繰り返し謝る私に、無事で良かったと言うだけだ。怒ってくれていいのに。

だって、火を点《つ》けたのは私なのだから。

世界中に撒《ま》かれた先輩の絵はもう回収出来ない。人の記憶も消せない。けれど、絵の中の先輩には火傷がない。私の前にいる先輩こそが本物だ。目の前の、この人だけが。

ベターハーフ

私の身体が左右半分に分かれてしまった。右半身と左半身にそれぞれ自我が宿り、私達は動き出す。上下半分に分かれるのは聞くけれど、なんで縦に割られなくちゃいけないんだろう？　断面がいい感じにぼかされているところだけが幸いだった。

上手く移動することすら難しい私達を、先輩が助けてくれる。私達二人を一緒に車椅子に乗せて移動してくれたのだ。私達は床を這《は》いずり回るしかなかったので本当にありがたい。

左右に分かれているだけとはいえ、こういう生活をしていると段々と個性が出てきてしまう……というか、左半身に明確な自我が出てくる。左半身はアクティブだった。器具を駆使して街に繰り出し、最終的には私を置いて何処《どこ》かへ行ってしまった。

右半身だけの私は先輩と二人で取り残される。それでも先輩は半分だけになってしまった私と一緒に過ごしてくれた。移動が楽になったという先輩の言葉が、何だかおかしくて笑ってしまう。

ここで言うのも恥ずかしい話だけど、本当は右半身じゃなくて左半身になりたかった。理由は頑《かたく》なに言わなかったし、なるべく先輩にも察せられないようにしていた。けれど、いざ指輪を渡された時に、渋い顔をしているのに気づいたのだろう。「別に右でもいいだろう」と先輩が、似合わないタキシードで無愛想に言った。

世界がループしていることに最悪のタイミングで気づく。というのも私達は数十年の間ずっと巨大な壁を作り続けており、あと数日でようやく完成するところなのだ。けれどこの壁が完成した瞬間ループが始まり、最初の一日に戻される。まるで賽《さい》の河原だ。これを私は何千周も繰り返している。気が遠くなってきた……。

ただ、これを先輩に言うか迷う。煉瓦《れんが》を黙々と積み上げる先輩は、なんだか妙に楽しそうだ。まあ確かに達成感はあるだろうし、完成した瞬間の喜びは凄《すさ》まじいだろう。その喜びが数十秒しか続かないのが地獄だけれど、何せ先輩はこの袋小路に気づいてはいないのだ。

意気地無しの私は結局、完成の日まで黙々と煉瓦を積み上げてしまった。先輩は私の手際が随分良くなったことに驚いているようだけど、ループ自体に気づいた様子はない。

壁が完成した瞬間、嬉《うれ》しそうな顔をして先輩が振り向く。そして「完成したら言おうと思ってたんだが、俺はずっと」と言った。その続きを聞く前に、ループが始まり私達は一日目に戻る。

広がる真《ま》っ新《さら》な地平線は正しく地獄だ。けれど、私は煉瓦を手に取ってしまう。私はあの言葉の続きが聞きたいのだし、捻《ひね》くれた先輩は死ぬほど興奮してる時しか素直な言葉を口にしない。なら、何十年分の達成感を、先輩に与えてやるしかないのだ。

隠滅

先輩はあまり肉料理が得意じゃない。だから、先輩は凶器が肉の時は少しだけしょんぼりしている。私はなだめすかして固めのラム肉を先輩に食べさせた。今日の依頼人は、弟をラム肉で殴り殺した姉だった。

私達の仕事は殺人犯が使った凶器を処分することだ。ただし、食べ物を使用して行われた殺人事件に限る。凶器さえなければ殺人事件は明らかにならないもののようで、食べてしまえば百パーセントバレない。

私達は凶器になった冷凍ステーキ肉や、凍ったサンマを食べる。あまり誇れる仕事じゃないものの、先輩と食事が出来るのは楽しい。

ただ、こんな仕事だから危険もある。口封じの為に殺された先輩を見て、私は初めてその危険に気がついた。

先輩の傍《かたわ》らには凍ったニンジンが落ちていた。きっとナイフ代わりに使われたのだろう。この証拠を提出したら、もしかしたら犯人は捕まるかもしれない。でも、犯人が捕まったところで先輩は帰ってこない。

私は今、鍋にお湯を張っている。ぐつぐつと煮立つそれに、このニンジンを入れようか迷っている。だって先輩の好物はニンジンだった。肉続きの食卓に嫌気が差していた先輩は、きっとこれを喜んだに違いないのだ。

気がつくと私は巨大なガチャに取り込まれていた。取り敢えず回してみると、N《ノーマル》の輪ゴムが出た。何も無い空間にポンと輪ゴムが生まれる。何ともシュールだ。どうやらこの世界には、ガチャで出たものしか存在出来ないらしい。それからどうにか三十連ほど回して、SR宇宙を手に入れる。この段階からやらなくちゃ駄目なの？　と愕然《がくぜん》とした。

それでも続けないと話にならない。私は回し続けて、宇宙にカニカマを生み出しながら世界を創造する。目指すはSSRの地球だけど、すり抜けで冥王星が出てきたりするから油断ならない。

私の宇宙は冥王星とカニカマとSRの人工衛星に偏《かたよ》る。私の知っている地球が生まれるには途方もない確率を潜《くぐ》り抜けなくてはならないらしいから、その道のりは果てしない。

食べ損ねたカニカマが天の川になる頃、突然このガチャが終わり、私は数千年振りに地球に戻る。SSRを引いた覚えはないのに、一体どういうことだろう？

数千年振りに訪れた部室では、先輩が無表情で大量のカニカマを食べていた。カニカマ。あまりにも見慣れた代物《しろもの》だったので「あ、Nだ」と言ってしまう。すると先輩はぽつりと「お前のレアリティが高すぎるんだ」と呟《つぶや》いた。よく見ると部室の隅には大量のフラフープも重なっていて、私はこれがどのレアリティなのかを考える。

私の先輩を救って

部室の壁に「テーブルを三十センチ左に寄せて欲しい」という落書きがされていたので、容赦無く消す。部室には私か先輩しかいないので、恐らくは先輩が書いたのだろう。直接言え。それでも私は、ちゃんとテーブルを左に寄せる。三十センチを測ったのだから褒めて欲しい。

するとその日の午後、先輩が転んで床に倒れる。運良くテーブルの角には当たらなかった。私がテーブルを動かしていなかったら、大惨事になっていた。

その後も落書きは増え続けた。窓を開けておけとか、部室に何を用意しろという簡単な指示をこなすと、それらは巡り巡って必ず先輩の命を救った。

しかし、均衡が破られる。椅子を七センチズラして欲しいとの指示に従っても何も起きないまま、先輩の方が卒業してしまったのだ。落書きが的中しない時もあるのか、と思いながら私も卒業する。

そして数年後、その部室でとある学生が事故で死んだ。なんでも、部室の椅子があと七センチズレていたら、その学生は死ななかったのだという。

あの落書きは必ずしも私の先輩の為のものじゃなかったのだ。そんなことを思いながら、久しぶりに部室を訪れた。するとそこには、壁一面を埋め尽くすように書かれた落書きがあった。誰かが自分の先輩を救う為に書いた静かな叫びが、壁を黒く染めている。

私の身体が急に巨大化し、街にいられない私は仕方なく海に出る。座っていると日差しを遮《さえぎ》ってしまうので、横になって四六時中眠っているようになった。肌が海水に浸されているのは気持ちがいい。そうこうしている内に、私の身体の上は開拓され、人が住み、街が出来る。夜になると身体が光り、星空のように見えた。

こうなってくるともう身体を起こすことも出来ない。私の知らないところ、私の見えないところで人が暮らしているのだ。それを壊すわけにはいかない。

私が自棄《やけ》を起こさずにいられたのは、偏《ひとえ》に先輩のお陰だった。指先ほどの大きさもない先輩は、私の耳朶《みみたぶ》で暮らしている。先輩は私の身体の上に暮らす人達の話をしてくれた。波の音をバックに聞く先輩の話が私の支えになる。

けれど、世界である私に対して、先輩はあまりに小さい。やがて先輩は「もう語ってやれない」と言う。仕方ないことだ。先輩は最後まで私に語りかけ続ける。それを聴きながら、私は眠りにつく。

目覚めるとそこは部室だった。いつのまにか寝てしまっていたらしい。私は身支度を整えて、急いで部室を出る。

廊下の鏡を見ると、耳朶に黒子《ほくろ》のようなものが見えた。こんなところにこんなものがあっただろうか？　それを撫《な》でると、なんだか涙が出た。

専門

聞きたいことが何でも聞けるというので大学生電話相談に掛けることにした。子供科学電話相談と違って、誰でも掛けていいし、何個質問をしてもいいのだという。長いコール音の後に、男の人とも女の人ともしれない声で「質問をどうぞ」と言われた。私は予《あらかじ》め用意していたありとあらゆる質問をする。夏休み前のレポートについてや、素朴な疑問、あるいは壮大な宇宙の話や小さい頃好きだったアイスの作り方についてを聞く。驚いたことに、電話の向こうの人はどんな質問でも的確に答えた。こんなに博識な人間なんて見たことが、いや、聴いたことがなかった。

そうして「ありがとうございます」と言って電話を切った瞬間に、私の身体は細くて狭い電話ボックスの中に閉じ込められる。真っ暗で息苦しい場所で散々泣き喚《わめ》きながら、ようやく仕組みを理解した。こうして沢山の人がここに閉じ込められて、質問を待っているに違いない。私に適した質問が来たら、きっとこの電話が鳴るのだろう。でも、私に専門分野は無い。単なる大学生に過ぎない。私にしか答えられない質問なんかそうそう無く、電話は長いこと沈黙していた。

果てしない沈黙の後に初めて私の電話を鳴らしたのは、綺麗《きれい》な声をした女の子だった。電話の向こうの彼女がおずおずと、先輩の好きな食べ物を尋ねる。私は小さく笑って電話を切った。誰が教えるか、馬鹿。

身体が段々透けていく奇病にかかった。最初はおへその辺りのあまり目立たないところだったので隠しおおせたけれど、次に消えた場所が舌だったので困った。舌の無い口の中というのは、意外なことに目立つのだ。部室にいる時に口を開けることが出来なくて、先輩からの言葉には全部鼻歌で応じた。

顔が消えてからは大学に行かなくなった。程なくして全身が消えると、着ている服も合わせて透明になった。透明人間でいる為に全裸で出歩く羽目にならなくて良かった、と思う。人間でいる為に服を利用出来なくて悲しい、とも思う。これじゃあ誰も私を見つけられない。

とはいえ、ちょっと期待しているところもあった。長い付き合いの先輩だから、私のことを見つけてくれるんじゃないかと。検証の為に部室に潜伏する。すると、先輩は全く気づかなかった。こちらに視線すら寄越《よこ》さないのだから困る。

そんなうまい話無いよな、と思いながら抜き足差し足で帰ろうと思った瞬間、何故か先輩が部室の窓ガラスを割った。放心している私の前で、床にガラスを撒《ま》いていく。「俺には超人的な勘なんぞ無いぞ」と先輩が静かに言う。驚いた私は床のガラスを踏んだ。その瞬間、一度もこっちを見なかった先輩がこちらを見たので、小さく鼻歌を歌った。「前も言おうと思ったんだが、音程が合っていない」と先輩が言う。うるさい。

納得

タイムスリップをして過去の先輩に会いに行くことにした。小学生の頃から小説が好きだったのか、難しそうな推理小説を抱えている。少し借りて捲《めく》ってみたけれど、物凄いバッドエンドなのでげんなりした。

先輩に小説を返しながら「もっと簡単でハッピーな本ないの？」と言うと、真面目な顔で「簡単な本の定義が分からないし、登場人物の幸せも一概には言えない」と返された。何だこいつ。ハッピーエンドってのは探偵が銃弾で倒れることなく、恋人がくれた御守りが銃弾を止めてくれるやつだよ。と、私は言う。

先輩は私の話に納得がいかないのか、「単なる御守りじゃ銃弾を止められないと思う……」と頻《しき》りに呟《つぶや》いている。それはさておくとして、私は大事なことを続けた。「大きくなっても、この大学に入っちゃダメだよ」と言って通っている大学の写真を見せる。先輩が頷《うなず》くのを見てから、私は現代に戻る。

結論から言うと先輩は私との約束なんか覚えておらず、先輩は変わらず私と同じ大学に入り、私と知り合い、そして、私を庇《かば》って強盗の撃った凶弾に倒れた。本当に酷《ひど》いし本当に馬鹿だ。ちゃんと忠告して、私と出会わないようにしたのに。その癖、先輩は私のハッピーエンドに納得がいかなかったことだけは覚えていたようで、御守りに鉄の板を入れることで致命傷を免れていた。本当に可愛くない子供だ。先輩が先輩でよかった。

大学を卒業してしばらく経った後、先輩が探偵事務所を開設したという噂《うわさ》を聞いた。今時探偵なんて職業がまかり通るんだろうか？　と思ったのだけれど、まかり通るらしい。都会の一等地に建った事務所は立派で、先輩は立派な名探偵だった。

別に先輩が名探偵になったこと自体には何も言わない。ただ、問題は先輩を取り巻く世界が若干変化してきていることにあった。

先輩と出掛けると何故か殺人事件が起こった。旅行先でもご飯を食べた時も、いつでも事件に巻き込まれる。先輩は名探偵なので、起こった事件は解決しなくちゃいけない。最初は驚いたけれど、もう慣れた。慣れてしまうほど同じことが繰り返された。先輩にプライベートは無かった。隙間無く舞い込む事件が先輩の生活を圧迫する。家に居ても眠っていても、先輩の生活には密室が現れ、暗号が絡んだ。

私は今、先輩を小さな箱の中に入れて薬で眠らせている。最近は殆《ほとん》ど睡眠も取れていない。こうするしかなかった。先輩の居る場所には事件が起こる。だから、先輩の居る場所を小さくしていくしかない。けれど、これも時間の問題だろう。外から鈍《にぶ》い音がする。きっと死体が落ちてきたのだ。この手ももう使えない。どうして死体なんか落ちてきたんだろう。理由は分からない。でも、理由を考えた時点でおしまいだ。小さな箱の中で、名探偵がゆっくりと目を覚ます気配がした。

絶対安全

気がつくと暗くて狭い場所に居た。突然のことにパニックを起こしかけた瞬間、先輩の声が響いてくる。先輩曰《いわ》く、ここはとても安全なシェルターなんだそうだ。私はとても危ない目に遭ったので、ここに匿《かくま》われたのだそうだ。どのくらいになるのかは分からないが、私はここにいるしかないらしい。

わけが分からない状態だけれど、先輩の説明を聞いて安心した。ここにいる限り危険はなく、お腹が空《す》くこともないらしい。暖かく柔らかいその場所で、先輩と話をしながら暮らす。食べ物に不自由しないというのは本当のことらしく、お腹が空かないどころか、折に触れてじんわりと甘い味がした。私が好きだったシュークリームの味だった。

数ヶ月が経ち、シェルターから出て最初に見たのは病院の天井だった。医師たちが口々に奇跡だと言う。私は事故に遭い、酷《ひど》い状態だったらしい。ちゃんと成功してここまで回復するのは奇跡なんだそうだ。私が受けたのは最新式の治療で、他に例が無いものなのだという。

程なくして先輩がお見舞いにくる。病室で林檎《りんご》を剝《む》く先輩のお腹を指して「もしかして、私ってそこにいました？」と聞いてみた。先輩は答えずに林檎を齧《かじ》る。私の口にはもう林檎の味が広がることはない。

先輩は辛いものが好きだ。けれど、私は苦手だった。つまりはそういうことだろう。

「最高の夏に閉じ込められている」と先輩が言う。どうやら、私達は気づかない内に最高の夏を繰り返しているらしく、最高の夏を終わらせない限りこのループからは抜けられないらしいのだ。

いきなりそんなことを言われても困る、と思う。けれど、先輩の話が本当ならこのままでいるわけにもいかない。結局、私達は最高の夏を破壊する。

おかしいとは思っていたのだ。私は大量の麦茶を流しに捨てて、冷蔵庫に入れたスイカも割ってしまう。私達はどういうわけだかこの小さなアパートに暮らしていた。壁のカレンダーにはびっしりと予定が書いてある。明日は海に行くことになっていたらしい。テーブルの上に生けてあった向日葵《ひまわり》の花を、先輩が躊躇《ためら》いなく捨てる。それを見た瞬間、何故か涙が溢《あふ》れてきた。揖保乃糸《いぼのいと》は戸棚に沢山ある。カルピスの原液も買ってきた。明日海に行ったら花火をしようって言っていたのに。

そんな私を見て、先輩はぽつりと「また夏は来る」と呟《つぶや》いた。

最高の夏を解体し終わると、あっさりと私達はループから抜け出した。びっくりするほど簡単に夏が終わり、いつもの日常が帰ってくる。今思えば、どうしてあんなに悲しかったのか分からない。最高の夏がもう来ないと知っていたからかもしれない。私達はきっと一緒に海には行かないだろう。花火もしない。来年も、きっと今年も。

この愛の中にいる

新種の化物が街を徘徊《はいかい》するようになってから半年が経ち、街は落ち着きを取り戻してきていた。というのも、化物への対処が分かってきたからである。化物の能力は人間に直接害のあるものじゃない。周りにいる人間の意識を少し弄《いじ》って、その化物を愛《いと》しく思わせる能力なのだという。正確な姿は誰も見たことがなく、街中に大量の猫ちゃんが現れたり、好きな芸能人が現れたりすることで事態が発覚した。愛が溢《あふ》れている。

かくいう私も街中に溢れるポメラニアンには驚いた。私の愛の折衷点はポメラニアンらしい。まあ、芸能人が物凄く好きというわけでもないし、私の愛の行き着くところとしては妥当なところだな、と思った。街中を歩くポメラニアンを見るのは楽しかった。線路に落ちそうになるポメラニアンとかはうっかり助けてしまうし戦略が上手い。尤《もっと》も化物は不死の生き物らしく、私達が守らなくても大丈夫なのだけど。

愛情の優先順位はそうそう変わらない。だから、決定的なものが必要だったのだ。

本物の先輩を殺した後、ちゃんと街には先輩が溢れるようになった。そろそろ化物の大規模回収が始まるらしいけれど、彼らは愛らしいので絶滅させられることはないだろう。「先輩がもうこの世にいない」という事実は私の感情を強固なものにする。私はきっともう揺るがない。不死の先輩に囲まれたこの世界で生きていく。きっとこれからずっと、この愛の中にいる。

出典不明

先輩がお茶の間の人気者になって半年が過ぎ、ここまでくるとおいそれと会うことが出来ない。まさか先輩がこんなにみんなに親しまれるだなんて思ってもいなかった。それどころか、人気者になってしまうだなんて……。

仕方ないので、私は先輩の動向を日々見守る。いや、監視と言ってもいいかもしれない。何しろ先輩はかつて私の先輩だったのだ。けれど、これだけ離れていると私は先輩と本当に仲が良かったのだろうか？　と思い始めてきた。よくよく考えたら私と先輩の関係は希薄だ。誕生日すらウィキペディアで知ったくらいだ。というか、先輩にはウィキペディアがあるんだ。私が最初に作ればよかった………。そう思って、私は先輩の個人情報を書き込むが、すぐに削除された。出典が無いからだ。

悔しくなって、私は先輩の動向を追うのをやめる。先輩はみんなの人気者だし、それで満遍なく幸せそうだ。私が見ていなくてもいい。そう思っていた矢先、先輩の姿をぱったりメディアで見なくなる。移り変わりの激しい世界で、先輩のような例はいっぱいあるのかもしれない。久しぶりにウィキペディアを開き、先輩の項目に、かつて仲が良かった後輩がいたことをこっそり書く。みんな見ていないから削除もされない。

後日見てみると、私が書いたその文章の最後に「後輩といるのは楽しかった」という素っ気ない一文が足されていた。これにもまた、出典がない。

飛んで火に入る兎たち

部室の隅に暖簾《のれん》の掛かった小さな入口があって、昔から気になってはいた。暖簾が薄汚れていなければ、もっと早くにくぐっていたかもしれない。血みたいな染みは、どんな貼り紙よりも人避けに効果的だった。そんなある日、私はその場所の使い途《みち》を知る。

階段から落ち、骨という骨を折りまくった先輩が、這《は》うようにしてその中に入ったのだ。ややあって出てきた先輩は、骨折のダメージを全く感じさせない新しい先輩になっていた。あの場所は先輩の修理場所か、あるいはスペア置き場だったのだ！

それを知った私は、好奇心と邪《よこしま》な気持ちを混ぜ込んで暖簾をくぐった。そうして、そこから出られなくなってしまった。パニックを起こして喚《わめ》く私の耳には、私と先輩の会話が聞こえてくる。なるほど、こういう仕組みだったのか。赦《ゆる》さん。

とはいえ私に出来ることは何もなく、私は私が何か大怪我を負ってこの場所を利用する日のことを願うばかりになった。その時こそが、私が入れ替わるチャンスなのだ。けれど私の願いは通じない。先輩はあれからも何度かここを利用しているというのに、私は怪我一つせずのうのうと暮らしている。そして気がついた。私の無傷と先輩の怪我は対応している。ドジな私は須《す》らく《べか》先輩にカバーされていたのだ。先輩はスワンプマンの話を知っているだろうに躊躇《ためら》い無くここを使う。額《ひたい》を切ったくらい絆創膏《ばんそうこう》を貼ればいいのに。でもその傷の原因は私がぶつかるはずだった瓦礫《がれき》なので、何も言えない。

ドアノブを回しても扉が開けられなくて、しばらく格闘してしまった。結局、左回りに回してみたら開いたのだけど、モヤモヤしたものが残った。絶対におかしい。私はずっとドアノブを右に回していたはずなのに。それ以来、私の生活は反転する。

基本的に左のものは右に、右のものは左になるように、法則が変わっていた。これは地味に大変なことで、私は世の中の左利きの人がどれだけ苦労していたのかを間接的に知ることになる。それだけじゃなく、本来甘かったものや、辛かったものの味も反転していた。シュークリームを食べて涙を流しながら、私は思う。甘いの反対って苦いじゃないの？

私を嫌いだったはずの教授は私を贔屓《ひいき》するようになり、よくサービスしてくれた店員さんからは塩対応を貫かれた。私はただひたすら元に戻る日を待ち続ける。一方、先輩だけは疲弊した私に優しくしてくれた。これは、普段の先輩が私のことをうっすら嫌いであった証明なんじゃないかと思った私は、密かに青くなる。しかし、それでも優しくされるのは嬉《うれ》しかった。

そしてある日、ドアノブが右に回った。元の世界に戻った私は喜び、先輩も祝福してくれる。変わらず優しい先輩を見て、私は気づいた。先輩は本当に、私のことをどうとも思っておらず、ただ後輩に優しいだけなのだ。反転する余地の無さが、私は寂しい。

「どうやら天国はあるようですよ」

先輩と一緒に暮らし始めるようになって、私は幸せというものに想いを馳《は》せる。先輩との暮らしは吝《やぶさ》かではないどころか、本当に楽しい。けれどこの幸せがいつまで続くものか分からず、私は悩む。そんなある日、私はよく当たるという占い師の元に出かけた。これからの人生を占ってもらう為だ。先輩と一緒にいてお互いに幸せになれるのかを知らなければならない。しかし、占いの結果は芳《かんば》しくなかった。私が幸せになれるのは早くて六十年後らしい。

私は自分の人生のオチが見えてしまった。どうせ、その辺りで先輩が死ぬか何かして私は一人になり、一人になって幸せを知るのだ。なら、先輩と歩む人生は間違いだということだろう。こんなに分かりやすい未来予想図があるだろうか。

けれど、私は先輩と一緒に暮らし続ける。喧嘩《けんか》をする度《たび》に占い師の言葉を思い出しては後悔しかけたけれど、それでも私は先輩が好きなのだ。それに、先輩との生活は十全じゃなくとも十分に幸せだった。

そして、占いをしてもらってから二十年が過ぎた頃、私は病に倒れる。もう助からないとなった時に、私はもう一度占い師の言葉を思い出した。私はここで死ぬのに、私が幸せになるのは六十年後とはどういうことだったのだろう？　少し考えてからようやく分かった。私は泣き濡《ぬ》れる先輩に、こっそり囁《ささや》く。

私と先輩の意見は割と食い違うことも多い。普段から奇矯《ききょう》かつ頑固な先輩と、一般的常識的な私だから仕方がない。八時間にもわたる話し合いをこなした私達はどちらともなくコインを取り出す。どうせ人間など完全に分かり合うことなど出来ないのだ。運否《うんぷ》天賦《てんぷ》に任せてしまった方がずっと良い。

そうして私達は話し合いをすっ飛ばして色々なことを決めるようになる。サークルの活動内容から備品購入に至るまで、意見が対立したらまずコイントスだ。こうしてぽっきりと物事が決められるようになったので、私達は前よりもアクティブになった。コイントスで何かを決める為に、色々な意見を戦わせるようになり、互いの提案を受け入れていく。一度付き合ってみないかという提案をしたのはどちらだっただろうか。私はあの時、絶対に勝てる賭けの存在を知ったし、何度かトスし直した。

そして今、私達は一番大切なこともコインに委《ゆだ》ねようとしている。色々と話し合ったけれど、終《つい》ぞ意見はまとまらなかった。別れたくはない。別れるしかない。どちらも本当だから託すしかなかった。投げる手が震え、コインが無軌道に飛んでいく。

果たして、コインは垂直に立っていた。それを見て私が涙を流すより先に、先輩の手が伸びてきて、コインをテーブルに叩《たた》きつけた。

先輩は手を離さないし、私も離してとは言えない。私達はいつも意見が合わない。

バイアス

「いただきます」

先輩が私のペンケースに挽《ひ》き肉を詰めていた。人のペンケースに挽き肉を詰める人間がいるとは思えず、私は思わず怒ることを忘れた。冷静に考えたら「人のペンケースに挽き肉を詰めるのはやめろ!!」と怒るのも虚《むな》しい。そのペンケースは捨てた。

その後も先輩の嫌がらせは止まらない。私の髪の毛を集めてジップロックに入れる。明らかにくたびれたフランス人形を鞄《かばん》に入れて私の名前を呼ぶ。挙げ句の果てには明らかにヤバそうな血塗《ちまみ》れの布を縫い合わせてボール状にしていた。ぎちぎちと音がしそうなくらい固く縫われたそれに、髪の毛が混じっている。ここまできたら嫌でも分かった。完っ全に呪いだ。先輩が私を呪いやがっているのだ。

そんなある日、部室に呼び出された。とうとう呪いの最終段階か、と諦めながら扉を開ける。すると、美味しそうな匂いに迎えられた。

部室のテーブルの上には、とろとろのチーズがかかったハンバーグが載っている。その横で、先輩が照れ臭そうに笑う。

「最近練習してたんだ、ハンバーグ。どうだ?」

先輩のハンバーグはとても美味しかった。なるほど、これならペンケースくらい不問にしてあげてもいいかもしれない。

先輩が首を切られて殺されたので、私は邪法を使って先輩の生首だけを生かす。開始早々種明かしをしてしまって申し訳ないけれど、犯人は私だ。画期的なトリックを使って、不可解な状況で先輩の首を跳ね飛ばしてやったのだ。こうして私は生首の先輩との生活を営む。

先輩は概《おおむ》ね穏やかに生活している。本を読む時だけ難儀しているけれど、他には何の文句も言わない。私はそれが嬉《うれ》しかった。生首状態になった自分を世話してくれていることに対して、ぽつぽつとお礼を言う。そんな先輩は可愛い。

けれど、そんな生活が唐突に終わる。というのも、生首状態の先輩が、あの部屋から消えてしまったのだ。

生首状態で移動するのは難しい。そもそもこの部屋は七階にある。落下したら、流石《さすが》の先輩もぐちゃぐちゃに潰れてしまう。

私は先輩が残した謎を必死で考え続ける。私が謎を考えさせた分、先輩も考えさせようとしたのかもしれない。でも、先輩だって私の謎を解かないで消えてしまった。

そんなある日、私はテレビで先輩の事件を見る。そこでは事件の詳細が語られ、私の自慢のトリックが暴かれていた。その中では事件は先輩の巧妙な自殺ということになっていて、その手心が恨《うら》めしい。

その恋に用がある

先輩が女の子になった。白い肌に艶々《つやつや》の黒髪、爛々《らんらん》と光る丸い目がとっても可愛い。先輩は動揺することもなく部室に居たので、思わずその黒髪に触れてしまう。ぱちぱちと目をしばたたかせる先輩の髪をそのまま結《ゆ》った。それから私と先輩の関係は少しだけ変わる。

先輩は元に戻らず、女の子のまま生活が続く。私は先輩の生活をサポートする為に一緒に暮らすようになり、二人で色んなことをする。先輩は意外と朝起きるのが苦手で、私は先輩を起こす為に二人で眠るようになる。夜中に二人で映画を観る。新しい入浴剤を買って、二人で試す。先輩の髪を編み込んであげるのは私の役目だった。このしっとりとした黒髪に触れると、何だか愛《いと》おしさが込み上げてきた。

まあ、当たり前だけどこんな日々は続かなかった。数年後、先輩は不意に元に戻る。数年にわたる私達の生活は終わりを告げ、先輩が部屋を出て行く。呆気《あっけ》なくて寂しいけれど仕方がない。そもそも、同居の解消を提案したのは私の方なのだ。

先輩のいなくなった部屋で、先輩のために買った高級なトリートメントを片付ける。捨ててしまおうか悩んで、結局やめた。あの髪はもう何処《どこ》にもないというのに。

あの手触りを思い出すと、不意に涙が出た。好きだったんだな、と思うけれど、ここには不在を悲しむ為の墓標すら無い。

天気の悪い日は、先輩の存在にブレが出る。どういうことかというと、雨が降ると先輩の姿が透けて見えるのだ。この時の先輩は実際に存在感が薄くなっており、周りの人は先輩が存在しないかのように振る舞うようになる。透明人間になるならまだしも、晴れ間が見えると先輩は途端に普通の人間に戻り、講義中でもしっかり当てられるようになってしまうので不便極まりない。

そんな時にどうするかといえば、勿論《もちろん》相合傘である。馬鹿げた提案のように思えるかもしれないけれど、誰かがそこにいる証明としてこんなに手っ取り早いものもない。というわけで、私は雨の日になると不承不承《ふしょうぶしょう》先輩と相合傘を差す。まあまあ吝《やぶさ》かではない。相合傘をしている時の先輩はしっかりと存在を取り戻し、私と別れる時にふっと透ける。それを見ると、何とも言えない気分になる。

この習慣が出来てから気がついたのだが、街には隣に誰もいないのに、相合傘の姿勢で肩を濡《ぬ》らしている人が意外と居るのだ。私はそれを不思議に思っていたのだけれど、今はその理由が分かる。あれも多分、私達と同じなのだ。

それに気づいてから私は、相合傘をする度《たび》ちょっと怖い。このおまじないが効いているのか、もう効果が無いのか私には判別がつかないのだ。私は確かめる為に先輩にぶつかろうとするけれど、何を勘違いしたのか先輩は照れて手を引くので、困る。……困る。

チュートリアル

先輩はゲームが下手だ。どのくらい下手かというと、RPGをプレイすると最初の町から出られないレベルである。嘘《うそ》だろ、開発者が泣いてしまう。しかし、先輩は表情を変えずに黙々とプレイしているので、それはそれで楽しいのかもしれない……なんて思っていたのは間違いだった。先輩は真顔のまま密かにショックを受けていたらしく、少しでも気を抜いたら泣いてしまいそうだったらしい。なんて不憫《ふびん》なんだろうか……。

仕方なく私は先輩のゲームをアシストする。私だって別に上手いわけじゃないけれど、少なくとも最初の町からは出られるくらいの腕前だ。先輩は最初の町から出られるようになって楽しそうだった。何よりだ。だって、先輩のそれはゲームというよりウォーキングシミュレーターみたいになってたし……。

先輩がゲームが下手で良かったことが二つある。一つ目は、件《くだん》のゲームを先輩が最初から最後まで私とプレイしてくれたことだ。流石《さすが》に感慨深くて、クリアした時は私まで泣いてしまった。きっとこのことを、私は消滅するまで忘れないだろう。

そして二つ目に、先輩がこの部室から出る可能性がほぼないことが挙げられる。先輩のゲームの下手さは想像を絶する。この部室から出るにはちょっとした謎解きとチュートリアルアクションが必要だから、先輩には無理だ。

私は定型文だけを話し、先輩は先を見ることはない。でもまだ、先輩は飽きていない。

天秤

先輩が車に轢《ひ》かれ、見事に砕け散る。私は先輩のことを大切にしているので、バラバラに砕けた先輩を拾い集めて修復した。しかし、人間一人を寄せ集めるのは大変なことだ。あろうことか私は、川に落ちた先輩の欠片《かけら》を拾い損ねてしまう。先輩は私に気を遣っているのか「あれは要らない部分だったから」と言ってくれた。でも、人間に要らない部分なんて本当にあるんだろうか?

とはいえ、これをきっかけに私達は付き合い始める。何とも吝《やぶさ》かではない展開だ。先輩には見たところどこにも欠けたところがない。これで万事上手くいったわけだ。と、そう思っていたはずなのに、現実は上手くいかない。一緒にいればいるほど先輩とは嚙《か》み合わなくなっていくし、先輩が以前の先輩とは違う人間なんじゃないかと思うことも増えた。

そして私はとうとう気づく。あの時川から引き揚げなかった欠片は先輩にとって大切なもので、今の先輩にはそれが無いからいけないのだ。私は危険を顧みず何日もかけて冷たい川の底を浚《さら》い、どうにかあの時の欠片を拾い上げる。

拾い上げられた先輩は川の底に居たからかちょっと寒そうだった。さて、これは私と話の合う優しい先輩なのだろうか、と思いながら声をかける。けれど先輩は、私が見たことのないキラキラとした目で、私の知らない将来の夢を語っていた。

ジュテーム・モノクローム

私から色が失われて三日が経ち、モノクロの自分にも慣れたところだけれど、世間はそうでもないらしい。街を歩いていると白黒の私はよく目立つのだ。それをカバーしようと派手な色の小物を身につけてはみたものの、私が着けるとどんなものでもモノクロになってしまうので、何の意味も無かった。自分には派手すぎると思っていた金色のスカートがこんなに落ち着いた色合いになるなんて。光を反射してところどころ白くなるのはちょっと綺麗《きれい》で困るけれど。

先輩の励《はげ》ましも励ましで「小説の本文は多くが白黒だ」が何の慰めになるのか分からない。それはつまり先輩の好きなものと私の色合いは似ているということですか？　と揶揄《からか》い交じりに言う代わりに「その本文用紙クリーム色じゃないですか」と八つ当たる。私は大変可愛げがない。

それに対して、次の日申し訳なさそうに黒い手袋を渡してきた先輩の殊勝さと言ったら！　縁にレースがついたそれは可愛く、先輩はどんな顔でそれを選んだのだろう。

それから先輩は白と黒でお洒落《しゃれ》なものを探しては私に持ってくる。はっきりモノクロに絞ってしまえば、世界にはまだまだ鮮やかで綺麗なものが溢《あふ》れている。

その中でも、今着ているこれは白眉《はくび》だろう。先輩チョイスの上品でキュートな純白のウエディングドレスを着た私は、思わずにやける。先輩は褒めてくれるだろうか。

未来の私が目の前に現れて、私に忠告をする。なんでも未来の私は先輩との別離を防ぐべく、別離のきっかけになった出来事を潰しにきたのだそうだ。先輩と一緒にいる為の努力というのは気にくわないが、未来の私がそんなに必死に訴えてくるなら仕方がない。私は先輩との別離の未来を変える為、今日の昼食をパスタからうどんに変更する。

これ、本当に影響するんだよね？　未来の私はそれを見て、涙を流して私に感謝する。

そこで話が終われば良かったのだけど、それからも私の元には未来の私が訪れ続けた。別離の未来を防ぐ為、私は靴下を脱ぎ、傘の色を緑に変え、壁に映画のポスターを貼るが、先輩との別離の危機は頻繁に訪れ過ぎだし、推測される危機がショボそうで困る。

それでも未来の私は泣いて感謝するし、私も別離をしたいわけじゃないので従う。

そんなある日、私は黄色の手袋を着けて先輩のところに行き、それが原因で先輩が死ぬ。先輩がこの手袋を気に入りさえしなければ、買い物に出た先輩が事故に巻き込まれることはなかったのだ。私は見事に諦めの悪い後輩の一人になり、過去の私に手袋を脱がせる。そして無事に先輩の死を回避出来た時には泣いた。

別離というのは死別も含まれているのだな、ということに今更ながら気がついた私は、今までのことに想いを馳《は》せる。私は既に、自分が先輩から離れた方がいい可能性について思い至っているのだけど、それを忠告したりはしないので、ちょっと凄くずるい。

先輩が小さくなってしまったので、私は先輩が元の大きさになるまで甲斐甲斐《かいがい》しくお世話をする予定だったのだが、早速頓挫《とんざ》する。何しろ先輩は手のひらサイズとかいうレベルじゃなく、ミクロンレベルの大きさになってしまったからだ。いや、これはミクロンで済むのだろうか？　単位に迷う程度の大きさと言えば分かりやすいかもしれない。今の先輩が張り合う相手は微生物である。

こんな有様だから、正直お世話することは何もない。毎日電子顕微鏡を覗《のぞ》いてペトリ皿の上にいる先輩を確認して過ごす。ここまで小さいとまともに意思疎通も出来ず、先輩の微《かす》かな動きで気持ちを読み取ることしか出来ない。

先輩は元の大きさに戻るどころかどんどん小さくなっていって、毎日先輩の姿を探すことにも苦労するようになった。先輩に移動しないでくれと当たり散らしたけれど、この何もないペトリ皿の上でただじっとしている先輩は最早《もはや》生き物ではないように見えた。ただ呼吸をしているだけの先輩の姿に似た何かだ。このままいけば、先輩は更に小さくなり、ついにはペトリ皿すら擦《す》り抜けるようになるかもしれない。

これが、私がペトリ皿の上の先輩を飲み込んだ理由である。しかし、先輩はあまりに小さくて、ちゃんと飲み込めたかは定かじゃない。床に落ちたかもしれないし、空気に舞っているかもしれない。涙が止まらないので、右目に張り付いているのかもしれない。

私が超絶有名になってからというもの、先輩と会えるのは握手会での十数秒ということになった。仕方がない。私はみんなの私であって、先輩だけの後輩ではないのである。先輩は意外と律儀《りちぎ》な人で、握手会を開く度《たび》にちゃんと来てくれた。でも、握手をする際に当たり障りのないことを言うばかりで、特に大事な話はしない。十数秒で話せることなんてたかが知れているから当然だろう。昔は部室で好きなだけ話していた先輩と、今じゃ十数秒しか会えないのだから妙な気分だ。それを言うなら、部室にいる時は先輩と握手なんかしなかったので、その点では近づいているのかもしれない。

それに、握手会に来るようになってから、先輩は私に誕生日プレゼントをくれるようになった。今までは誕生日を知らなかったから祝えなかったのだそうだ。今は公式プロフィールに好きなものと合わせて載っているので、先輩は完璧なプレゼントをくれる。昔の先輩の差し入れはピンポイントで私の嫌いな食べ物だったりしたので、そこからするとかなりの進歩だ。進歩……でいいはずである。

ある日、ついに私と先輩の関係がバレた。先輩に詰め寄り、在学中はどんな関係だったのか、私はどんな人間だったのかを尋ねる人が出てきてしまう。すると先輩は胸を張って公式プロフィールを諳《そら》んじた。周りの人は酷《ひど》い誤魔化しだと言うけれど、私達にとってはその無知が、逆に特別だった時がある。

終わった話

先輩は名高いバイオリニストだったものの、今はもうバイオリンを弾いていないらしい。何があったのかは分からないが、勿体《もったい》ないことである。バイオリンを弾いていた頃の先輩は、天才との呼び声も高かったそうなのに。私のような凡人からすれば、どうにも惜しい話だ。私は才能が欲しい。

更に調べてみると、先輩の才能というのは殆《ほとん》ど至宝に近いものだったらしく、先輩の指に傷がつけばそれだけで一大事だったらしい。窮屈なことだ。部室で黙々と本を読んでいる今からは信じられない話だけれど、紙に触れようとするだけでアウトだったのだから驚きだ。確かに、薄い紙とかでスパッといくとなかなか痛い。

そんな生活に嫌気がさして、先輩は逃げ出したのだそうだ。指を傷つけてしまうのが怖くて握手すら拒まれる生活は、人間らしいとは言えないし当然である。そうしてバイオリンを捨て遁走《とんそう》した先輩は、街角で一人の人間とぶつかったのだそうだ。

先輩にぶつかり、あろうことか先輩の手を握って助け起こした不届き者は、各所で酷《ひど》いバッシングを受けたそうだ。その決定的な瞬間はばっちり写真に収められ、今でもインターネットの海で確認出来る。

そこに写っているのがどう見ても自分なので、なるほどな、と全部が繋《つな》がった。どうりで先輩が笑っていたわけだ。私は先輩は握手が異常に好きなんだと思っていた。

遠くでサイレンが鳴っているので、私は身を硬くする。サイレンが鳴り始めると、私には必ず怖いことが起きる。何かが這《は》い寄ってきたり、影が追いかけてきたり、冷たい手に連れて行かれそうになってしまう。私がまだ生きているのは、先輩がいつも助けてくれるからだ。私に何か起こりそうになると、先輩が決まって現れる。先輩ってすげー、と私は無邪気に思う。

サイレンは怖かったけれど、先輩が来てくれるし助けてくれるからそれでよかった。心配性の先輩は私に手作りのお守りまで渡してくれた。素直に嬉《うれ》しかった。

風向きが変わったのは、先輩が負けたからだ。先輩はサイレンの音と共にやってくる何かに負けた。多分、死んだのだと思う。あれに負ける、というのはそれすら分からなくなることなのだろう。悲しくもあったけれど、それ以上に怖くなった。私を助けてくれる人はもういないし、サイレンが鳴ったら私は今度こそ殺されるだろう。

しかし、先輩がいなくなってから、一度もサイレンは鳴らなかった。気になって、そういう方面に明るそうな人に聞いてみる。すると、相談した霊能者は、先輩が呪いをかけていたんじゃないのかと言ってきた。なるほど、自作自演の言葉は私も知っている。

先輩の本意を知るには、多分渡されたお守りを開けてみるのがいいのだろう。これがもし呪いの道具なら悲しい。でも、これが本当にお守りでも、それはそれで悲しい。

共想い

朝起きたら、全身が自分の好きなものに変身してしまっていた。即ち、先輩だ。あまりに自然に変化してしまったので、最初は何がなんだか分からなかった。先輩と身体が入れ替わったのかな？　という非現実的な可能性まで考える。けれど、私に起こったことはもっと容赦が無かった。

しかし、先輩は動じなかった。自分と全く同じ姿になってしまった後輩を見ても気味悪がることもなく、早く治るといいなと言っただけだ。それを受けて、私は更に先輩を好きになってしまう。早くこの姿から脱却しないといけないのに。

とはいえ、全ての物事には慣れる。私は先輩の姿のまま部室に入り浸り、先輩は先輩でいつもと変わらず本を読んでいる。強《し》いて言うなら、私も分厚い本を読むようになったのが一番の変化だ。窓硝子《ガラス》に反射する自分が難しそうな本を読んでいたら恰好《かっこう》いいからだ。恋は人を馬鹿にする。私は分厚くて装丁《そうてい》がぴかぴかの洋書を買う。当然読めないので、私はずっとこの本に付きっ切りだった。

そうして、先輩の姿に変わってから半年が過ぎた頃、先輩が消えた。先輩がいつも座っていた席には私が好きそうな美しい装丁の洋書が置かれていた。

私はそれを手に取り、読み始める。そうして、この本は先輩だと直感する。私が読んでいるあの本のこと、愛してくれて嬉《うれ》しかった。私は今日も先輩の姿のままだ。

永遠を閉じ込められる箱は十五センチ四方の大きさしかなかったので、ここに先輩を閉じ込めようという猟奇的な考えはすぐに却下された。パーツなら入るかもしれないけれど、流石《さすが》の先輩だって怒りそうだ。

その箱に入れたものは不変を約束されるため、いつまでも変わらないらしい。一人一個で割り当てられた永遠は小さすぎて、私には使いこなせない。今しかない限定のお菓子でも入れておこうかなと考えたりもした。将来的にこれ懐かしいなになりそうだし。最終手段はそれにしよう。

そして今私は永遠を閉じ込めた箱を開けようとしている。何が入っているかは分からない。それを忘れてしまうくらい、私はこの箱を放っておいてしまった。生活に追われ、昔のことすら思い出さなくなってしまった結果だ。

開けてみると、そこには小さな鍵が入っていた。少し考えてから、それが何の鍵か思い出す。そうして私は昔通っていた大学に行き、かつての部室の扉をそれで開ける。鍵穴も、何なら扉自体もすっかり変わってしまっていたのに、鍵はすんなりと回った。

そこにいたのは、昔私の先輩だった人だ。いや、違う。そこにいた先輩は昔と少しも変わっていない。だから、今でも私の先輩である人だ。先輩は待ちくたびれたように笑う。永遠ってどんな感じですか、と私は尋ねる。

象の鼻だってよく伸びる

先輩の足は地に着いていない。これは先輩が軽薄な生き方をしているというわけじゃなく、本当に先輩は数センチ宙に浮いているのだ。先輩が脚の長さの割に高身長に見えるのはこれが理由だ。ちょっとその点はずるい。

先輩が浮いていることで結構不便なところもあって、とにかく先輩の顔が遠い。別に私と先輩はキスとかする関係じゃないけれど、実際するとなったら大変だろう。先輩が屈《かが》んで私が爪先で立てば済む話ではあるが、なんだかこの距離が果てしなく遠く感じるのだ。

私の身長はそう高くない。この歳にはもう少しすらっとした高身長になるはずだったのだけど、現実は上手くいかない。ここからの成長期を信じるほど夢見がちではないので、私と先輩はあんまり釣り合わない身長のまま生きていくんだろう。

というか、先輩が浮いていなければよかったのだ。そうすればまだマシな身長差だったろうに。悔しくて私は先輩の膝を蹴るが、先輩はまだ浮いている。

しかし、事態は変わる。この歳になっての成長期を信じていなかった私の身長が伸びたのだ。すると、浮いている先輩と私の身長は上手く噛《か》み合いキスをするのに最適な差になる。まさかの伏線回収だ。問題があるとすれば、私と先輩がまだキスをする間柄ではないことだが、足元の数センチは私を祝福している。

策士

卒業後、先輩は本屋さんを開いた。本好きの先輩が珠玉《しゅぎょく》のセレクトを並べる書店はそれなりに繁盛していたように思う。思いが籠《こも》った運営は素晴らしい。私も先輩のお店が好きだった。

そんなお店だったから、先輩が死んでしまった後は畳《たた》むしかないと思われていた。私だってそう思う。あのお店は先輩のおかげで持っていたようなものなのだ。恐ろしいことに後を任された私も、色々なものを整理したらお店をやめるつもりだった。

しかし、店番をしている時に、先輩がお店に残した本の中に不良品が混ざっていることに気づく。いくつかの本には何故か落書きがされており、売り物にならないものだったのだ。この本たちを譲り渡すにせよ、落書きされている本は確認しなければ。

そういうわけで蔵書確認をしつつお店を続け、早三年が経つ。落書きは意味がよく分からないものが多いが、意図は何となく分かってきた。これは先輩が私をお店に引き留める為の罠《わな》なのだ。その所為《せい》で、私はまんまと先輩のお店を続けている。先輩は策士だ。

そんなある日、街を騒がせていた連続落書き犯が捕まる。その犯人が街や品物に落書きしていた絵や文字は、本に書かれていたものと同じだった。犯人は先輩じゃなかった。

それなのに私はまだ店を続けている。先輩は策士でも何でもなかったのに。今度、先輩セレクトを少しずつ読んでみるつもりだ。これは、正真正銘先輩の残したものだし。

共犯にも才能が要る

先輩の頭の中が覗《のぞ》けるようになり、長い葛藤の末に結局覗く。先輩が何を考えているのか、何をしているのかなんて絶対知りたい。そうして私は先輩が殺人鬼であることを知る。あ、この事件ニュースで見た。未解決だった。先輩捕まってないもんな。まさか巷《ちまた》で有名な人が身近にいるとは。嬉《うれ》しくない。

しかし、先輩は巧妙な手口で犯行を重ね、全く証拠を残さない。私は頭の中を覗いて答え合わせをするばかりで、結局後手に後手に回っている。もどかしい。通報したところで、証拠が何も無いのだからどうにもならない。

ならいっそ、先輩が私に秘密をカミングアウトしてくれればいいと思うのだけど、先輩はあくまで私の前では優しい先輩でいるつもりのようなのだ。歯痒《はがゆ》い。私は何を暴露されても先輩が酷《ひど》い人でも受け入れる覚悟が出来ているのに。こんな人間は他にいないだろう。だから、先輩は安心して私に委ねてくれていいんですよ。

そんなある日、先輩がぴたりと犯行をやめる。理由はよく分からないが、先輩は殺人鬼を卒業する。事件も終結し、先輩の心の中は平凡で穏やかなものになった。

それから私達の関係は進展することもなく、単なる先輩後輩に留まっている。先輩は無事に就職し、私を置いてライフステージを上がっていく。私は今でも、先輩があのまま殺人鬼でいてくれたら、と不謹慎な想像をする。

先輩は人の傷を治すことが出来る。手当てという言葉通り、先輩の手が傷に触れるとどんな傷でもたちどころに治ってしまうのだ。とても便利な能力だし、先輩に相応《ふさわ》しい魔法だと思う。

けれど、この能力には副作用もあって、先輩が傷を治した相手は全員が先輩を好きになってしまうのだ。まあ、傷を治してもらったのだから好意を持つのは自然なのかもしれないけど、そういうレベルじゃない。先輩に治してもらった人間は、老若男女問わず先輩に恋をしてしまうのだ。それはもう運命だと恥ずかしげもなく言ってしまうほどに。

色んな人に追いかけ回されて懲《こ》りたはずなのに、先輩は今日も傷を治す。目の前で車に轢《ひ》かれた人だって先輩なら救えてしまうらしい。先輩のことが好きな私は、本当はその優しい魔法が嫌いだ。私は不注意で顔に火傷《やけど》を負った時ですら先輩に頼らなかった。私の好きをそんなものに上書きされてたまるか。

私は傷跡の残った顔と一緒に、先輩への好きを守って生きていく。そんなある日、家の近くの塀《へい》が綺麗《きれい》になっているのを見つけた。知らなかったが、一年前に大きな事故があったらしい。被害者は原形を留めていないような有様だったのに、奇跡的に回復したそうだ。ふうんと思いながら、塀の周りを見て回る。そこには、私が昔失《な》くしたキーホルダーが落ちていた。

幸福なこの世界

先輩がそこにいるだけで幸せな気持ちなるな、と呆《ほう》けたことを考えていたが、実際にその点は正しいようだ。私は先輩を目の前にするとパブロフの犬のように脳内が幸せで満たされるようになってしまったらしい。これはまた何とも面妖《めんよう》な事態だ。不幸を感じる脳内物質じゃなくてよかった。

というわけで、私は先輩の前でいつも幸せな気分でいる。先輩が何をしていても天元突破で幸せで、それ以外が考えられなくなってしまう。傍《はた》から見れば、これがどれだけまずいことか分かるだろう。最初に気づいたのは先輩だった。私は先輩と一緒にいるだけで幸せで、それ以外を切り捨てようとしてしまうからだ。

だから、先輩は無理矢理私から離れた。私は私の完璧な幸福を失ってしまった。その代わり、私は自由を手に入れる。先輩以外の幸せを探すことが出来るようになる。

私は先輩のいない日々を過ごす。そのうちに、知らない風景や知らないものを見る時に幸せを覚える自分に気づいた。逆説的に、私は先輩がそこにいることを知る。私はそこに先輩の痕跡があるだけでも幸せな気分になれるのだ。

私から逃げ出した先輩は、何故か世界を旅しているらしい。世界には今や先輩が訪れていないところがないくらいだ。だから、私はどんな場所を見てもどんなものを見ても幸せを覚える。先輩が私から離れるほどに、私の幸せは世界中に満ちていく。

身の回りの人間が全て先輩に見えるようになってしまい、まあ不便ではあるけれど先輩以外の人間が跳梁跋扈《ちょうりょうばっこ》するパターンよりはいいだろうと一人納得していたら、私はあっさり五十万円を奪われる。私の学費が……。でも確かに、先輩が私にそんな大金を借りようとするなんてありえない。あの先輩は先輩の見た目をした他人だったのだろう。

この教訓を得て、私は先輩の姿をしている人であっても簡単には信用しないことにする。この体質になってしばらくは本物の先輩を探そうとしていたけれど、どだい無理な話だ。だから、私は比較的私に優しく、本が好きな人を先輩と呼ぶ。先輩より先輩らしい人がいたらそちらを先輩と呼ぶ。こうして私は注意深く先輩を選定する。

今、私には三人の先輩っぽい先輩がいて、その三人は外見だけではなく中身まで私の思い出と理想に沿っている。おまけに読んでいる本の趣味も似ている。

その三人のうち、どれが本物かの決め手はない。殆《ほとん》ど違いがないからだ。強《し》いて言うなら、一人は私のことを好きだと言い、一人は私とずっと一緒にいたいと言う。一人は何も言わずにただ本を読んでいる。

正直なことを言えば、私は私を好きな先輩が好きだし、私とずっと一緒にいてくれる先輩が好きだ。このどちらかを選べば幸せな後輩でいられるだろう。でも、私のことなんか少しも気にせず本を読む先輩が、時々私に向ける温かい目が、捨てられない。

流れよ涙

私の体温は高い。どのくらい高いかというと、触ったら火傷《やけど》するくらいだ。ふざけているな、とは自分でも思う。こんなに体温が高いと誰かに触れることも出来ないし、服も耐熱性のものしか着れない。おかげで身の回りのものは大抵が特注品だ。物だけならそれで対応出来なくもないけれど、人間相手だとそうはいかない。私に触れるのはとにかく生身では危ないのだ。

しかし、先輩は諦めない。私がこんな身体になってしまったのは呪いのようなもののせいらしく、先輩はその呪いを解明する旅に出る。一緒にいたって先輩を火傷させるだけだから、離れるのは賢明だ。でも、不毛な旅に向かわせるのは心苦しかった。私はこの体質が治ることがないと知っている。解く方法なんて無いのだ。先輩は諦めが悪い。

当然ながら、先輩は解く術《すべ》を見つけられないまま帰ってきた。けれどその代わり、先輩は全く期待していない方向の成果を持ち帰ってきた。

帰ってきた先輩の体温は、火傷しそうなほどの熱さになっていて、近くにいるだけで痛みを覚えるほどになっていた。誰も先輩に寄り付けない。先輩の体温は周りを焼く。

恐る恐る先輩に触れると酷《ひど》い痛みを覚えた。しばらく遠ざかっていた火傷の痛みだ。それは先輩も同じのようで、その表情は痛みに歪《ゆが》んでいる。私達は体温が高く、涙は流れる度《たび》に蒸発して消えていく。

先輩の顔に黒い影がかかって見えるようになり、その日から先輩の寿命を意識する。不吉だってことをわざわざ言うのも憚《はばか》られるくらい不吉だ。これは多分、先輩の身に何かが起きる予兆だ。生憎《あいにく》、先輩本人にはそれが見えないらしい。本人に危険さが分からないのは、よくあることだ。さすれば私は先輩の命を守らなければならない。

なんてことを考えて、十年が経った。

先輩は全然死なない。最初の一ヶ月くらいは先輩が危ないところに立ち入らないように尽力したり、あるいは先輩に無闇に健康診断を受けるよう強制したりしたけれど、先輩には何事も起きない。死の危険を回避したなら影だって消えていいと思うんだけれど、先輩の顔は三六五日毎日曇りっぱなしだ。

先輩が突然死んでしまうのは嫌だから、こういう形で知れてよかったなと最初は思っていたんだけど、これは度が過ぎている。何にも嬉《うれ》しくない。というか、人間はいつか死ぬから一生影が付き纏《まと》っているというオチはゆるさないからな。

それから更に二十年くらい経ち、うっかり先輩の顔を忘れてしまいそうになっても影は晴れず、私は意地でも先輩を観察し、守り続けている。表情が全然分からない先輩の気持ちが声だけでも分かるようになった。先輩は割と曇りの日が好きらしい。太陽に纏わりつく雲を見ながら、私は気のない返事をする。

後輩は大吉を引くのが得意

　運がいいわけでもないのに、何故かおみくじだけは大吉を引く体質である。それを最初に意識したのは、大学に入って初めての初詣《はつもうで》だった。先輩と人混みの中を参りに行って、私は財布を落とした。考えられる限り最悪の落し物だというのに、その後に引いたおみくじは大吉で、柄《がら》にも無くはしゃいでしまったことを覚えている。そんなに嬉《うれ》しいのか、と先輩が呆《あき》れたように言うので、ムキになってはしゃいだところもある。まあ、財布を落としたのに大吉も何も無いのは分かる。

　それ以来、私は何処《どこ》かに行く度《たび》におみくじを引いた。しかし、私は大吉以外を引かない。これだけ大吉ばっかり引いているとありがたみも薄れてくるけれど、何となく全部取っておいた。ところで、大吉は良い言葉だけ書いてあるわけではなく「がんばれ」と毒にも薬にもならないことが書いてあることも多かった。

　そういうわけで、私は卒業後の引っ越し先に「吉」のつく町を選んだわけだ。だって、縁がありそうだし。地元を離れ、先輩とも別れるのは寂しいけれど仕方がない。

　先輩からは一度だけ手紙が来た。意外と悪筆なそれは読みづらく、おまけに「吉」の上の部分が土になっている。引っかかりを覚えたのはその時だ。

　今まで引いた大吉のおみくじを引っ張り出す。百枚以上あるそれらは、尽《ことごと》く「吉」の上の部分が土になっていた。気づかなかった。ちゃんと調べろ、先輩の馬鹿。

先輩に触れると青いインクが付着する。今の今まで先輩に触れたことがなかったので気づかなかったが、とんでもない体質だ。手を繋《つな》いだ後、自分の手が真っ青に染まっているのを見てそう思う。先輩の青いインクは油性なのか、洗ってもなかなか落ちなかった。けれど、手袋を着用しようかという先輩の提案には乗れなかった。こんなインク程度で諸々を阻《はば》まれてたまるものか。私は除光液を常備して、先輩と手を繋ぐ。

しかし、まだ手は優しい方だったのだ。そんなことを真っ青な唇の自分を見て思う。鏡で見た時は卒倒するかと思った。唇を擦《こす》るとひりひりして痛いので、私はその青をカバーするようにシックな色合いの口紅を付ける。こうして先輩の体質に合わせて工夫をするのは、厄介だけど楽しかった。不用意に肌に触れてしまった時の先輩を見るのも、それはそれで楽しいものがある。

そんな先輩とも久しく会っていない。それでも先輩を懐かしく思い出したのは、街中ですれ違った人の中に手のひらを青く染めた人がいたからだ。それが必ずしも先輩と手を繋いだ証拠にはならない。それでもあの鮮烈な青を思い出さずにはいられなかった。

ところで私の背中には青い痣《あざ》がある。肩甲骨の下あたりにあるその痣が生まれた時からあったのか、それとも先輩と出会った時から出来たのかは分からない。けれど、その痣は褪《あ》せることなくそこにあり、すれ違いざまに見たあの色と被《かぶ》る。

マルチハッピーエンディング

先輩との会話に選択肢が出るようになり、コミュニケーションが円滑になる。私は常々先輩にどう話しかければ良いか分からないと思っていたのだけれど「何読んでるんですか？」と「お前には死んでもらう」という二択ならどっちが正解かくらい分かる。先輩は驚いた顔をしつつ、その本を貸してくれた。フィッツジェラルドがギャツビー以外の小説を書いているとは。正直、その本はよく分からなかったが会話に困ることはない。何しろ私には選択肢がある。わけも分からないまま、私は選択肢を選んでその本の感想を言う。先輩は嬉《うれ》しそうに笑って自分の感想を話す。楽しい。

そうして選択肢頼りの私は思わぬツケを払わされる。なんと、意に沿わないタイミングで「告白する」「好きと言う」の選択肢が出てしまったのだ。私は仕方がないので二番目を選び、否応無く先輩と付き合い始める。吝《やぶさ》かではない！　こんなことがあるなんて、私は選択肢に感謝する。私では絶対に出来ない選択だ。

だから、私は目の前の選択肢にも逆らわない。十個ほどある選択肢の全てが先輩に別れを告げるもので、抗《あらが》えない。それにしても未練がましいな、と思う。十択にしたところで結末は変わらないのに。私は選択肢の前で選べずぼろぼろ泣き始める。

その時、何も選んでいないのに先輩が動き、私のことを抱きしめてくれた。先輩の背に隠れて選択肢が見えなくなり、ずるい私は選ばないまま体重をかける。

先輩が私の写真を手帳に挟んでいた。といっても、私らしき人間？　の写った写真といった方が正しいかもしれない。どこかの草原の隅に、私の顔の右上半分だけが写っている。まあ、写真自体は吝《やぶさ》かじゃないんだけど、どういうアングルなんだろうか？　これ。そもそもいつ撮られたものなのかも分からない。先輩は時々この写真を眺めながら物思いに耽《ふけ》っているけれど、それならもう少し写りのいい写真を持ってほしい。

先輩の手帳には他にも大量の写真が挟まっていた……というか、鞄《かばん》に入っている細長いカードケースの中には数十枚単位で詰まっている。併せたら百枚を超える写真があったけれど、私が写っているのは最初の一枚だけで、残りは似たような草原や山、川や何の変哲も無い地面などの風景の写真だった。

その瞬間先輩が部室に戻ってきて、私は思わずその中の数枚をポケットに仕舞ってしまう。けれど、先輩は特に咎《とが》めることもない。それって何の写真なんですか？　と尋ねてみると、ただ一言「お前の写真だ」と返された。いや、それは分かるけれど。

家に帰って、くすねてしまった写真を見る。どこかの川の写真だ。よく見ると、その川辺には、小さな赤黒いものが落ちている。それはなんだか肉片のようにも見える。他の写真も確認すると、他の写真にも同じようなものがある。そして、四枚目の写真には、小さな血塗《ちまみ》れの指が写っていた。

その部屋の物語

先輩と謎の部屋に閉じ込められた。私はインターネットに詳しいので、その部屋が何らかの条件を満たさないと出られない部屋だということを察する。ただ、私からは言いづらい。けれど先輩は物凄く冷静に生活を営む。冷蔵庫に入っている食材を上手に使って、日替わりで料理を作るのだ。それが意外と美味しいので何だか悔しい。

先輩と私の生活は続く。毎日試しても扉は開かない。ようやく私達が出てこられた時には、既に数年が経っていた。

けれど、出てからが物語の本番だった。果たしてあの部屋はどういう条件の部屋だったのか？　と、頻《しき》りに議論され、好き勝手に私達の数年間が作られていく。憤慨する私を他所《よそ》に、先輩は沈黙を貫き続けた。どれだけ不本意なことを言われても、先輩は本当のことを言わない。

私達は結構幸せに暮らしていた。それなのに、先輩がラタトゥイユを作ってくれたことも、延々とオセロをやっていたことも、誰も知らない。本当に妙な話なんだけれど、私は出られなかった数年間が楽しかった。

そんなことを、二人で暮らした部屋で思う。この部屋は今や「片方を殺さないと出られない部屋」という不本意な名前を付けられていた。でも、私は先輩に殺されたわけじゃない。でも、死んでしまった私は、何の弁解も出来なくて、それが悔しい。

先輩と私の間に紫色の糸が見えるようになった。赤い糸ならまだしも、紫色の糸って何なんだろうか？　先輩の指には紫色の糸だけでなく緑色の糸や黒い糸、そしてお馴染《なじ》みの赤い糸も付いていた。いくらなんでも多すぎる。

それらの糸を辿《たど》ることはしなかった。糸は運命的なものであって、私がどうこう出来るものじゃないからだ。それなら、私の糸を大切にした方がいい。それにしても紫色っていうのは禍々《まがまが》しい気がしないだろうか……。

私は先輩の傍で糸の正体を見極めようと画策する。その内に気がついたけれど、糸は減ることは無いけれど増えることはあるのだ。そして、先輩の指の糸はどんどん増えていき、緑色の糸やオレンジ色の糸も大量に見えるようになった。赤い糸も何故か増えていた。許さない。けれど、相変わらず紫色の糸は私と先輩の間にしかなかった。

随分長い時間を先輩と共に過ごしていたけれど、未だに紫色の糸の正体は分からない。私と先輩の関係はどうなるわけでもなく、しかし没交渉になるわけでもなく、糸のように続いていく。

糸を初めて見た日から、途方も無い時間が経った。朝日が覚めると、晴れた空に紫色の糸が伸びていた。その瞬間、電話が鳴る。それがどんな報《しら》せかはもう分かっていた。紫色の糸の正体は知らない。でも平気だ。まだ終わらない。さよなら先輩、また来世。

オリジナルソング

先輩がリレー小説をやりたいというので、仕方なく付き合う。仏頂面で渡されたノートを開いた私は驚く。字が汚い……。字が汚いというか、読めない。本当に字なんだろうか？　前衛芸術ではなく？　と思ったものの、先輩が字には触れず小説の感想を尋ねてくるので言うに言えない。何にも分からない。

私は苦肉の策として、想像で全てをまかない、続きを書く。すると先輩は「こう来たか」と言って不敵に笑った。自分がどう来たのか全く分からない。そうして先輩が返してきたサーブはやっぱり全く読めない。この人は試験とかどうしてるんだろうか……。

そのまま私達のリレー小説は続く。不思議と展開に破綻《はたん》は無いらしく、先輩は楽しそうに小説を書いている。

そうこうしている内に先輩が出版社にリレー小説を持ち込むと言い出して、全てが終わりそうになる。でも、私に先輩のことを止められるはずがない。悪夢だ。でも、もっと悪夢なのはリレー小説の出版が決まってしまったことだ。嘘《うそ》だろ、本当に？

それでも、発売自体は楽しみだった。出版社の人は何故か先輩の悪筆が解読出来てしまったようだし、これで私も内容が分かる。先輩から献本を貰《もら》って、わくわくしながら捲《めく》る。するとそこには、前衛芸術と見紛うばかりの悪筆が躍っていた。

先輩に私が死んだことを隠し通して二週間が経つ。意外といけるものだ。雷に当たって爆発四散し煙になった後、幽霊となった私はすぐさま偽装工作に走った。二十一グラムの心を引きずり、部室に向かう。

そしてすぐさま部室を整えた。片付けたわけじゃない。さっきまで私がいたように偽装したのだ。読みかけのハードカバーを半ばで開き、カップに半分しか入っていないコーヒーを添える。程なくして部室にやって来た先輩は、温《ぬる》くなったコーヒーを見つけて辺りを見回した。先輩はこれで、私と入れ違ったのだと思ったに違いない。よもや死んだとは思わないはずだ。

私はその後も生きている自分を演出する。すぐそこに自分が居たふりをして、物を配置していく。それを見た先輩は少しだけ私を探してから、不思議そうに首を傾《かし》げた。いつか気づかれるとしても、そのいつかを先送りにしたかった。

それでも寂しさを堪《こら》えきれず、ある日私は部室のノートに先輩への愛の言葉を書く。それを見た先輩は、ハッとした顔をして私の不在に気がついてしまった。

どうしてだろう、と思ってから理由に気づく。私は生きている時、一度だってそんなことを言わなかった。だから、先輩はあのノートの言葉を私のものだとは思わなかった。

それだけの話だ。

改変

色々な理由が絡み合って、先輩は主役として舞台に立つ。そんな柄《がら》じゃないと思っていたのに、意外と様《さま》になっていた。先輩は緊張しないし、声も良く通る。

先輩の台本読み合わせに付き合って、なおのことそう思った。私は先輩の前でヒロインになり敵役になり、あるいは親になり後輩になる。

こうして読み合わせを続けている内に、私の方も台詞《せりふ》と物語を覚え始めてしまった。結構台詞回しが洒落《しやれ》ているし、泣ける物語だ。きっとこの舞台はいいものになるだろう。

そう思えば思うほど、何だか複雑な気持ちになった。先輩の出る舞台に私はいない。どれだけ一緒に読み合わせをしても、スポットライトの下で手を取ってもらえるのは私じゃないのだ。私は少し寂しく思いながら最近ハマっているラムネを飲む。

そしてついに舞台の本番がやってきた。幕が上がり、先輩が現れる。ちゃんと読み合わせをしただけあって、先輩の演技は堂に入っていた。私は観客席でそれを見る。この先の展開を一語一句知っているのに面白かった。

そして舞台の中盤に差し掛かった頃、私は先輩のミスに気づく。先輩は台詞の一部を間違えていた。他愛の無いシーンだけれど、ヒロインに渡す飲み物がコーラじゃなくラムネになっていたのだ。大筋に影響は無い。ささやかなミスだ。

けれど、私は笑う。劇はつつがなく進んで行く。

睡眠時間がどんどん長くなっている。最初は疲れているだけだと思っていたけれど、時計の針がぐるんぐるん回って私を置いて行くので、これは疲れではないのだと気がついた。私は何ヶ月もの間眠り続ける。

寝る度《たび》に季節が変わるので、先輩にあげようとしていたチョコレートが夏の日差しにやられていた。これには少し泣いてしまった。

眠る度に一年が経っているのが悲しくて、私はどうにか抵抗しようと試みる。でも、眠気には敵《かな》わない。私は先輩の前で泣きながら眠りにつく。先輩も既に大学を卒業してとっくに社会人になっていた。私が五年も寝ていたからだ。

次は一体どうなるのだろう？　眠っている間、私は歳を取らないので、周りの人は次第に減っていった。私は寂しさに震えながら、今度は十年眠る。

目を覚ますと、周りには誰もいなかった。ずっと居てくれた先輩もいない。その代わりに、小さな通信機が置いてある。起動してみると、先輩の声が聞こえた。

先輩の乗っている宇宙船は地球を遠く離れて何光年のところにいるらしい。二十年眠った私が通信しても、まだ先輩は生きていた。太陽系を遠く離れ、先輩は進む。

やがて百年眠るようになった私のことも、先輩は宇宙の果てで迎える。まだまだ宇宙船は止まらない。離れれば離れるだけ、果ての狭間で私達は触れ合う。

ハローアゲイン・スイートハート

先輩が死ぬ運命を変える為に、私は時間を戻す。先輩はうっかりしているので、寝不足のまま電車を待ち、立って眠って転げ落ちるのだ。これなら先輩の手を引くだけでいい。あそこでどうして手を引けなかったのかが不思議なくらいだ。

そういうわけで時間を戻したものの、一つ問題があった。私はどれだけ時間を戻すかを選べず、一気に二十年の月日が戻る。先輩に運命の日が訪れるのは今から遥《はる》か先だ。幼児になった私は必死に自我を保ちながら先輩を救う日を夢に見る。もう一度人生をやり直しながら先輩のことを覚えておくのは大変だった。何しろ人生は忙し過ぎる。それでも私はやり遂げ、先輩を救う。

しかし、それでは終わらなかった。先輩はまたも死に、私はまたも選択を迫られた。結局それを受け入れたのは、ここで諦めれば前のやり直しが無駄になるからだ。

私はまた時間を戻すが、今度は二十年に収まらなかった。気づいた時には私は別人になっていた。時代を確認し、今の自分が前世の自分であることを理解する。今度の私は百年近く戻っていた。この生を生きて死に、生まれ変わってからがスタートなのだ。

私は絶望するが、後悔しつつ前世の人生を生きる。その中で私は一人の人間と親しくなった。本が好きで不器用な、先輩によく似た人だ。私はその人を好きになるが、その人は私の前で死んでしまう。私はただ、選択を迫られる。

先輩の目が悪くなる。いや、一概に悪くなったと言えるのだろうか。何しろ先輩の目はサーモグラフィーになってしまった。温度の高いものは赤く、低いものは青く見えるあれである。外側から温度が分かる目というのはある意味で優れているのかもしれない。周囲の風景と私の表情が見えない以外はとても優秀だ。

先輩は猛暑日も寒波も苦手だった。周囲の温度に紛れて、人間がよく認識出来なくなるからだ。そういうわけで、ちょっとした喧嘩《けんか》をした日は上着を着ずに外に出る。雪の降りそうな空模様とお部屋仕様の薄着は私の体温をすっかり下げてしまう。そうすれば先輩は私がどこにいるか分からない。

この寒空の下、先輩は私を必死に探している。目の前にいるのに気づかないでうろうろする様《さま》は、可哀想だけどいい気味だった。今回の喧嘩は、先輩が風邪を引いた私を置いて一人で外出しようとしたからだ。そんな目で外に出るなんて無謀だ。しかも、治りかけの私の為にお粥《かゆ》を買い出しに行くとかいう理由なんて無体《むたい》だ。そんなことをされなくても私は勝手に治る。むしろ先輩が外に出ることの方が危ない。私は謝らない。

しかし、先輩は私の前に辿《たど》り着くと、お前が悪い、とぶっきらぼうに言った。熱がまた上がっている、と言う先輩を前に、私は何も言えない。先輩はとても目がいいのだ。

家への道を二人で歩いていると、先輩が心配と安心の綯《な》い交《ま》ぜになった目をしていた。

接ぎ木であろうと花が咲く

行く先々に同じ傘が置かれている。最初は勘違いだと思ったのだけれど、紫色の傘なんてそうそう見かけるものじゃないので、それはやはり同じ傘なのだと思う。

誰かが私の行く先々に現れているのか、それとも紫色の傘が流行《はや》っているのか。それが知りたくて、私は傘を詳細に観察してしまう。傘の柄《え》にある小さな傷も、傘の先についている汚れもいつも同じだ。やっぱりその傘は同じものなのだろう。ちょっとした薄気味悪さを感じながら、私は自分の傘を差して帰る。

そんなある日、私は傘を忘れる。天気予報では晴れると言っていたのに、全く酷《ひど》い話だ。駅まで走るには強すぎる雨で、私は途方に暮れる。

魔が差した、と言ってもいいだろうか。土砂降りを前にして、私は紫色の傘に手を伸ばす。赦《ゆる》されないことだ。でも、私の行く先に現れ続けるこの傘が、まるで私を誘っているようだったのだ。恐る恐る手に取ると、その傘は手によく馴染《なじ》んだ。

次の日、私は紫色の傘を返そうと思い、晴天にもかかわらず傘を持って部室に向かった。部室にいる先輩は天気予報を見ていないのか、という顔をする。私はそんな先輩に憎まれ口を叩《たた》くが、そんな中で私はひたすら困惑している。先輩がプレゼントしてくれた傘だから、と言う私は目の前の先輩を知らない。けれど、私も先輩も傘も、この部室によく馴染んでいる。

先輩と私の小指同士が赤い糸で結ばれて、私は運命を確信する。が、それはそれとして赤い糸で駅中の柱が一刀両断されるのを見て、惨劇も確信する。赤い糸の仕様が判明する前に誰かが私達の間を通らなくてよかった。

私達は必然的にずっと一緒にいるようになったけれど、二人を繋《つな》いでいるものが凶器であることを知っているから無闇にははしゃげなかった。誰も私達に近づこうとはしないけれど、誰もが私達を監視していた。こうして近づいていてもテーブルや本をスライスしてしまうのだ。客観的に見て私も近づきたくない。

ケーキ入刀以外には終《つい》ぞ使えなさそうな赤い糸を携えていては、まともな職業に就《つ》くことは出来ない。しかし、私達の活用方法は他の皆さんが考えてくれた。私達の赤い糸は文字通り何でも切れたのだ。

私達は切り立った崖や邪魔な山々を切り崩すことに使われ始めた。計画に基づき私と先輩は離れ、近づき、すれ違うことで様々なものを切断する。

そういうわけで先輩と会う日はそう多くない。むしろ私が一番少ないくらいだ。こうなってしまった以上どうしようもないので、私は赤い糸の根元で勝手にケーキを切る。

そんなある日、私はテレビに映る先輩を見た。先輩は淡々とインタビューに答えている。小指に巻かれた赤い糸の根元には、クリームのようなものが付着していた。

工事まで四十九日

先輩は酔うと人が変わったように明るくなる。よく喋《しゃべ》るようになるし、笑うようになる。普段の寡黙で本にしか興味がない先輩とはまるで別人だ。二日酔いを経て酔いが醒《さ》めると、先輩は元の先輩に戻る。けれど困ったことに、私は酔った時の先輩に恋をしてしまった。

酔った時の先輩は私の話を親身に聞いてくれるし、よく笑いかけてくれる。しかも、この時話したことをシラフの先輩に話しても覚えていないけれど、酔った先輩は覚えていてくれるのだ。自己同一性。これで別人だと思わないのは無理だ。

私は度々《たびたび》先輩を飲みに誘い、酔っ払うまでお酒を飲ませた。そうこうしている内に先輩はお酒に強くなり、私は先輩を酔わせる為に更に大量のお酒を飲ませた。先輩には悪いことをしている気がしたが、どうしてもやめられなかった。

そうして逢瀬《おうせ》を重ね、酔った先輩と手を繋《つな》いで歩いていると、先輩が急に青ざめ、近くの電信柱に手をついて勢いよく吐いた。初めてのことに私は驚き、先輩に水を飲ませて介抱する。しかし、それ以来先輩が酔っても、人が変わったようにはならなくなった。

私は件《くだん》の電信柱を通る度に、立ち止まってそれを眺める。その電信柱は近々工事され、撤去されてしまうらしい。勝手な話だし先輩には申し訳ないけれど、それまではこれを初恋の墓標にする。

うわさの二人

先輩と私の二人きりの部活が噂《うわさ》になる。まあ、部室の一つを占領し、何をやっているかも分からない活動を重ねる私達は噂になって然《しか》るべきなのかもしれない。ただ妙なことに、その噂は大部分が正しい。私達が今日何の話をして、先輩がどんな本を読んでいたかなど。それらは噂にしては正確すぎる言葉で伝わっていくのだ。

デマを流されるよりはマシだけど、ここまでくると噂ではなく報道のようだ。事実だけを抜き出せば面白くも何ともないはずなのに、私達の日常は谺《こだま》のように反響して返ってくる。客観的に見た私達の様《さま》は素朴で、だからこそ愛《いと》しかった。

噂はそういう性質のものだったから、それこそ私達が疎遠になるにつれ段々と消えていくはずだった。けれど、噂は止まなかった。私達が離れて疎遠になったことが噂として流れ始めたのだ。それ自体は間違っているわけじゃない。そしてその噂が古びた頃、新しい噂が流れた。噂によると、私と先輩は疎遠になってもなお互いのことを気にしているらしい。それだって間違っているわけじゃない。私はいつだって先輩のことを考えているし、噂に耳を傾けている。

でも、噂には続きがある。私と先輩は疎遠になってもなお互いのことを気にしているが、あの日々を取り戻すことは二度とない、らしいのだ。この噂は本当だろうか？　私の目の前にはスマホがあり、連絡先も知っている。ただ、私達の間にはデマがない。

シチューの野菜がいつも生煮え

　調理実習で作ったクッキーを気まぐれに渡したことが悲劇の始まりだった。先輩は凄く喜んでくれたし、美味しいとも言ってくれて嬉《うれ》しかったけれど、それから先輩が私の作ったもの以外を口に出来なくなるくらいなら、私はクッキーを渡したりしなかった。先輩は私の手作り以外の一切の料理を口に出来ず、食べる度《たび》に吐いてしまうようになった。今や先輩は私の手料理か、あるいは無調理の食材しか食べられない。こうなってしまった以上、私は先輩の為に料理を作り続けるしかなかった。先輩はもうかつての先輩ではなく、私を苛《さいな》む暴君でしかない。でも、生野菜しか口に出来ない生活は惨《むご》い。

　大学に入ってもこの生活が続くのだと思っていた。けれど、大学で出会った無愛想で無口な先輩は私が卒業するなり、この生活を強制的に終わらせた。先輩に攫《さら》われた私は、あの人が知らない場所で暮らす。

　あの人は今でも私を探しているし、居場所を知った暁《あかつき》にはポストに歯型のついた野菜が投げ込まれるのが恒例だ。先輩はそれを見る度に、今の生活の全てを捨てて私と一緒に逃げてくれる。

　私は仕事も人間関係もお気に入りの本屋も全部捨てさせてしまう。けれど、引っ越しの夜は先輩が黙って料理を作ってくれるので何も言えない。ところで、先輩の料理はいつまで経っても上手くならなかった。それで安心するような気もするのは、贔屓目《ひいきめ》だ。

先輩は基本的に誰にでも優しく温厚な性格をしている。長い付き合いだからか私に対してはかなり雑な扱いをしてくるけれど、基本的にはとても良い人だ。私は先輩のことが好きだし、ちょっと尊敬もしている。けれど、ふと見ると、先輩がとても冷たい目をしている時があるのだ。

先輩はたまに、人間を人間とも思っていない目をしている気がする。勿論《もちろん》、それは単なる印象に過ぎないのだけれど、他人と話す先輩は私と話す時とはどことなく違う。まるで物を見るように冷めた目をしているのだ。あまりに気になった私は、冗談めかして先輩にそのことを尋ねる。すると先輩は真面目な顔をして肯定した。先輩は実際に私以外の人間が物に見えているらしい。つまり、先輩は私以外の人間を人間として見ていないのだ。私だけが特別な理由が分かった。先輩は私と話している時だけ、人間と会話している気分になれるのだ。

浮かれていなかったといえば嘘《うそ》になる。だからこそ、些細《ささい》な言い争いが原因で先輩に殺された時は驚いた。まさかそんなことで。幽霊になったばかりの頃は、先輩が私を殺すなんて信じられなかった。何せ私は先輩の世界で唯一の人間なのだ。けれど、今は納得もしている。先輩の世界に人間は私しか居らず、殺人を犯せる相手も私しかいないのだ。なら、この顚末《てんまつ》も吝《やぶさ》かではない……というのは甘いだろうか?

安息

先輩から血の匂いがする。人のことを反射的に振り向かせるその匂いは、あまり良いものではない。鉄臭く生臭いその匂いは、人間が纏《まと》うにはあまりにも恐ろしい。勿論《もちろん》、先輩が怪我をしているとか血を浴びているとかじゃない。なのに、香る。

先輩の周りに私以外が寄り付かないのもこの匂いの所為《せい》だ。誰かを安らがせる匂いじゃないから仕方がない。それでも、一人で本を読んでいる先輩は寂しそうだから、私が慣れるしかない。寂しさに慣れるより、匂いに慣れた方がいい。

その内に私は法則を見いだした。先輩から香る血の匂いが濃い翌日には、決まって血生臭い殺人事件が起きた。先輩は人の悪意と殺意にだけ反応する予言者のようで、それがまた気味が悪かった。それでも私は吐き気を堪《こら》えて先輩の傍にいる。法則が正しいなら先輩の所為じゃない。悪いのはこの世界の方なのだ。

世界が滅亡した前後なんか、先輩の匂いは凄《すさ》まじかった。悪意と害意を煮詰めたようなその匂いは、三日三晩漂い続けた。

そして辺りに私達しかいなくなった頃、私はすっかり慣れたあの匂いがしないことに気がついた。先輩は傍にいて私の手を引いてくれるのに、その背からは雨の上がったばかりの森のような爽やかな青い匂いがしていた。私達はこれから生存者を探す旅に出る。けれど、私はそれが徒労に終わるだろうということも知っている。

紆余曲折《うよきょくせつ》を経て先輩と付き合うことになってから気がついたのだが、先輩の顔は意外にも整っていた。そのことに気づいてからというもの、私は先輩の顔を見る度《たび》に緊張する。真っ赤な顔で目を逸らす私は何とも無様《ぶざま》だ。こんなはずじゃなかったのに。

それだけならまだしも、私は先輩とキスをする度に緊張で失神してしまうようになった。イルミネーション煌《きら》めく駅前でぶっ倒れるところを想像して頂きたい。これじゃあ恋人同士の意味がない！　しかし、先輩はそんな私を見捨てることなく、キスの度に倒れる私を介抱してくれる。それはまあ、吝《やぶさ》かではない。

それからも私の困った癖は治ることなく、ロマンチックな雰囲気の中でキスをする度に私は倒れる。これの所為《せい》でパレードや花火を見損ねることもあって、概《おおむ》ねデメリットばかりの癖だ。仕方ない。先輩との生活は毎日が新鮮で、その度にときめくのだから。

今日もまた長いブラックアウトから目覚めると、先輩に迎えられた。最後に見たのは緊張しながらキスをする先輩の姿だったので、こうしてちょっと潤《うる》んだ赤い目で私を見る先輩は対照的で面白い。

先輩は私の手を握りしめながら、手術は成功した、とだけ言った。私は自分に繫《つな》がる謎の器具を見る。そうらしいですね、と言うと、先輩が優しく私を撫《な》でた。身体は怠《だる》いが、まだキスはねだらない。もう少しだけ先輩と話をしていたい。

先輩の真夜中ごはん

嫌なことをすぐ夢に見るので、バイト先の同僚のことばかりが夢に出る。私のことが気に食わないらしいその同僚は、細々とした嫌がらせと直接的な罵詈雑言《ばりぞうごん》で苦しめてきた。現実でもうんざりするのに、夢にまで出てこられるのはたまらない。ぐったりしている私を見た先輩が、由々《ゆゆ》しき事態だとコメントする。その通りだ。

その夜から、悪夢の代わりに先輩の夢を見る。しかも、料理をする先輩の夢だ。先輩は似つかわしくないエプロン姿で野菜を刻み、ごろごろお肉と透き通ったスープを作る。夢の中はいつも真夜中で、食べるのには背徳感があった。でも食べる。先輩と一緒に溶けたじゃがいもをスプーンで掬《すく》うと、幸せな気分になった。

それからは毎晩同じ夢を見た。しっかりタレに漬け込んだ唐揚げおにぎりや、白髪葱《しらがねぎ》が眩《まぶ》しい豚丼や、チキン南蛮とお茶漬けなど、真夜中ごはんには相応《ふさわ》しくないラインナップを先輩が作り、私が食べる。現実は相変わらず辛《つら》かったが、夢は救われた。

そしてある夜、先輩がこれで終わりだと言って天ぷらうどんを出してくる。湯気で鼻を赤くしながら、私は先輩の正体ってバクなんですか、と確信を持って尋ねる。

けれど、先輩は答えなかった。翌日、私は同僚が失踪していたことを知る。

先輩の家に遊びに行き、冷蔵庫を漁《あさ》ると人の爪としか思えないものと、レシピ本が見つかった。レシピ本は冷やすものじゃないですよ、と私は言う。

先輩がいきなり私を遠ざけようとするので何故かと思ったら、先輩は私に食欲を抱くようになってしまったらしい。これは今流行《はや》っている奇病で、先輩が罹《かか》ったのは本当に不幸な偶然らしい……が、私はこれをチャンスだと捉える。私は先輩から遠ざかる代わりに、自分達を揃《そろ》ってメディアに売り込む。これで私達は悲劇の恋人になるだろう。先輩は完全に渋っていたが、治療にはお金がかかるし、何より先輩は私を食べてしまいたくない。結局は押し通せてしまった。

いい考えだったと思う。外的要因で先輩と離れるのは私だって嫌だ。ただ、まさか有名になってきたタイミングで、先輩の病が治ってしまうだなんて思わなかった。先輩の食人衝動はすっかり収まり、私達が悲劇の恋人でいる理由が無くなってしまったのだ。

困った私は、先輩を説き伏せて何とかこの茶番を延長させる。詐欺師になるのは嫌だという言葉を真に受けて、先輩は恋人の振りを続けてくれた。

私に後悔は無い。楽しかった。まさか上から降ってきた鉄骨に潰されるとは思わなかったけど、先輩を騙《だま》した代償としては安いだろう。

可哀想な先輩は病との整合性を取る為にまだ演技をしている。歯を立てる場所が思いつかないのか、死にゆく私にキスをする先輩は不器用で可愛い。唇に感じる前歯の感触はあまりにも優しく、私を痛みから微《かす》かに救う。

ゴールデンタイム

私と先輩が異世界に転生して、魔王の討伐を命じられる。なんでも先輩は勇者で、私は副勇者であるらしかった。その微妙な肩書は不服だったけれど、年功序列と言われたら納得しなくもない。まあ、どのみち勇者なんて柄《がら》じゃないし。私は先輩の後輩でいい。

それにしても、魔王を倒すまでの道のりは険しかった。何せ命をかけた戦いだ。吊《つ》り橋効果なんて生温《なまぬる》い。私と先輩はお互いしか頼れる人間がいない世界で、手を取り合って生きていた。そして無事に魔王を打ち倒した時は泣けた。みんなに感謝されて元の世界に戻る時は、先輩だって泣いていたくらいだ。

あの時の絆《きずな》は嘘《うそ》じゃない。冒険の旅は消えたりしない。だから、先輩が私の知らない人と結婚してしまっても大丈夫だった。気に食わないのは、先輩が私にスピーチを依頼しなかったことだ。招待客の一人として聞いたそれは、酷《ひど》く凡庸だった。私ならもっといいのが書ける、と思って書いてみてはたと気づく。私と先輩のスピーチ映えする思い出は、全部あの冒険に集約されていた。これじゃあ人前で話せない。

代わりに私はそれを小説として出版し、小説家になる。私と先輩の物語は人気を博し、反響の声が沢山寄せられた。

私はその中に、無記名の手紙が混ざっているのを見つける。懐かしいな、とだけ書かれたそれは、見覚えのある筆跡で、少しだけ泣いてしまう。

「先輩、私のミルクティー飲んだでしょう」

私は順風満帆な人生を送っている人魚だったが、溺《おぼ》れている先輩を助けてから全てが狂う。雨に濡《ぬ》れた犬に庇護《ひご》欲を覚えるかのように、私は先輩のことばかりを考え始め、ついには声と引き換えに人間になってしまう。破滅のパターンではあるが、こればかりは仕方がないのだった。先輩は部室なる根城にずっといて、突然押し掛けた私を歓待することもなく追い出すこともしなかった。幸いなことに、周りにライバルの影はない。

声を奪われた私は、三日以内のシビアな制約のもとで先輩からのキスを狙う。しかも、私に惚《ほ》れさせてのキスだ。どうしていいか分からない。先輩は熱心に本を読んでいたので、それを手伝うべく、私は最後の方から読み犯人の名前に丸をつけてあげた。超怒られた。

先輩も私のことが嫌いではなさそうだけど、好きにはなってなさそうだ。私はペットボトルのミルクティーをぐびぐび飲んで先輩を見る。液体を飲む習慣というのは海には無いので面白い。実を言うと、今日の夕暮れで私は泡になり消えてしまう。キスなんか無理だ。それでも幸せなのは、なんだかんだでこの三日間が楽しかったからだろう。私はそのまま部室で眠ってしまう。

目が覚めると夜だった。私は泡になっておらず、目の前には本を読む先輩がいる。俄《にわ》かに混乱した私は、自分のミルクティーが半分無くなっていることに気がついた。

全年齢版の恋

先輩と恋人同士になった翌朝から私の全身にモザイクがかかる。鏡を見ても顔すら見えない。これじゃあ寝癖も直せない！　と思ってその必要がないことに気がついた。全然嬉《うれ》しくない。先輩とずっと一緒にいると決めたのに、出鼻がこう挫《くじ》かれるとは。

先輩と街を歩いても、私の方にはとんでもない数の視線が集中した。人を規制物のように扱うんじゃない。けれど、モザイクは剝《は》がれることなく、人々は不思議そうな目を向けている。不健全のレッテルを貼られながらも全年齢に受け入れられているこの感じは、今まで感じたことがない。でも、これもまた嬉しくない。

私のこの姿を気にしなかったのは先輩だけだ。先輩はどこ吹く風で私に寄り添い、モザイク塗《まみ》れの手を握る。吝《やぶさ》かでないどころか普通に嬉しい。

こうして私もこの姿を若干受け入れ始めた。まあ、ファッションに悩まなくてよくなったのは楽だし。そんなある日、私は手のモザイクが少し剝がれかけているのを見つける。ぺら、と何の気なしに捲《めく》って息を吞《の》んだ。そこにあったのは、焼け爛《ただ》れた肌だった。軽い火傷《やけど》程度ではない焼死体の手を見て、私はモザイクの意味を知る。このまま歩けば大変だけど、モザイクをかければ気づかれない。

私は今日もモザイク塗れの身体でずっと一緒にいる先輩に会いに行く。昨日より可愛いな、は先輩の定番のジョークであり、本音でもあるから、私は笑う。

私の部屋の中には白紙の紙が沢山ある。ゴミとしか思えないものだけれど、何となく気になるし材質がいいから捨てられずにいた。嵩張《かさば》った紙は百枚くらいあるだろうか。ちょっとメモに使ってしまったものの、残りは輪ゴムで留めて机に仕舞っておく。

ところで、先輩は写真が嫌いだった。撮ろうとすると全力で逃げられてしまうし、その所為《せい》でやたらブレる。このままだと二人の思い出が残せないですよ、と言ってみたものの、今を大切にしろと返す先輩は聞く耳を持たない。そんな標語みたいな言い訳で納得すると思うなよ。先輩がいなくなった後に必要なんじゃないですか、と意地悪なことを言うと、先輩はそれはその時考える、としれっと返した。悔しい。

ところで、先輩がそうしてしれっと言う言葉は本当であることが多く、私は先輩がいなくなった後にそのことを知った。まさか、と思いながらあの白い紙を見ると、あの紙は全部写真に変わっていた。先輩は見事に約束を守ったのだ。

けれど、流石先輩というべきだろうか。現れた写真は全て他所《よそ》を向いているか完膚《かんぷ》なきまでにブレている。私は先輩がちゃんと写っているものがないかと、片っ端から検《あらた》める。すると、メモに使った一枚の中に目当てのものがあった。

それは先輩への誕生日プレゼントを考える時に使った一枚で、先輩は私の悩みの軌跡で窮屈そうにしながら、らしくなく笑っている。

灯台

　私と先輩が決別した朝、先輩が巨大化する。先輩の大きさは途方もなく、どこからでも先輩の姿が見えていた。昔ならそこそこ嬉《うれ》しかっただろう仕様だけど、今となってはそうでもない。先輩が私の方を見ているように感じても錯覚だ。先輩の目は途方も無く大きい。

　そのままでは街を壊しかねないので、先輩は海の方へ連れて行かれることになった。先輩は大きすぎて人の声が聞こえないはずだけれど、誘導には素直に従った。それから毎日、先輩は海に座って過ごしている。

　私が船に乗ることを選んだのは、地球の反対側に行けば先輩の姿が見えないからだ。先輩のいない風景がこんなに心穏やかだなんて知らなかった。少し寂しく思うのも気のせいだ。水平線が私を惑《まど》わしているだけだ。そうして穏やかに過ごしていた私は、ある日水難事故に遭う。

　海に放り出され右も左も分からないまま、私は波に煽《あお》られ続けた。生きたまま港に着いたのは奇跡だったと誰もが言った。私は無事に帰国を果たし、先輩を見る。知らない間に先輩は更に大きくなっていた。もう顔も見えない。大きくなった先輩が身動《みじろ》ぐ度《たび》に波が立つので、もう先輩は殆《ほとん》ど動かないように努めているらしい。先輩が息をする度に微《かす》かに立つ波に、私は何故か震えるほど感謝する。

吉夢

昔から夢見の良い方で、初夢は大体鷹《たか》か茄子《なす》の夢を見た。一富士二鷹三茄子《なすび》のアレである。正直、あれのおかげで一年の運気が良かったとかそういう気はしないのだけれど、縁起の良い夢が見られることは嬉《うれ》しい。どうせなら富士山の夢が見たいな、と先輩に話すと、贅沢《ぜいたく》だなと返された。先輩はそんな夢を見たことがないらしい。でも、ここまで揃《そろ》っていたらいつかは、と思う。

ところで、私は度々《たびたび》妙な夢を見た。先輩が汗だくになりながら穴を掘っている夢だ。肉体労働なんか少しも似合わない先輩が必死の形相《ぎょうそう》で穴を掘るのが面白くて、私は笑う。この奇妙な夢は月一のペースで見続けた。先輩に対するイメージがどんどんシャベルに寄っていく。

この謎が解けたのは、お正月のことだった。私はとうとう富士山の夢らしきものを見る。らしき、と自信がないのは、その山が明らかに低かったからだ。まさか、と思いながら辺りを探すと、泥まみれの先輩が見つかった。

そして私は思い出す。茄子の夢を見る前に、私は同じように泥まみれの先輩を見た。鷹の夢を見た時は、あちこちに傷を作った先輩を見たのだ。

翌日、眠そうな先輩にお礼を言う。先輩は何のことか分からないふりをしているけれど、先輩の手にはシャベルを握った時に出来たタコが形見のように残っている。

縺れる赤い糸

私は自分が誰かの先輩であるという意識に取り憑《つ》かれているのだが、正直そんな事実はない。そもそも先輩っていうのは後輩がいて成立するものなので、私の場合のように何故か分からないが後輩がいる気がする、というものではないのだ。

骨を一つ取られたような欠落感のままに生きていると、なんと似たような事例に遭遇した。その人は私と同じ欠落を抱え、この世のどこかに自分の先輩がいると思いながら過ごしてきたのだそうだ。これで運命を感じないはずがない。こうして私は読書好きで物静かな後輩を手に入れる。

しかし、後輩との日々は思いの外《ほか》上手くいかなかった。運命の相手であるはずなのに、後輩といても何故かしっくりこないのである。欠けた部分に強引にピースを嵌《は》め込むようなこの違和感は、私達の間に不和をもたらす。

そして今日、私は後輩と決別した。後輩の方も複雑そうだ。私達の間には確かに何かがある。それなのに、不協和音が耳に痛いのだ。

別れて歩き出した後も、何だか名残《なごり》惜しくて仕方なかった。運命というのはこんなにしっくりこないものだろうか。私はぽつりと先輩、と唱える。その瞬間、私は弾かれたように元来た道を走り出した。遠くの方に元後輩の影が見える。元後輩が発する第一声が、私にはもう分かっている。

痛覚はやっぱり必要なかったのだ、と私は思う。そりゃあ完全に無いのは困るけれど、少なくとも感じる痛みは六分の一程度でいい。人間は痛みを概《おおむ》ね克服し、骨が折れても腹が裂けても、泣くほどではなくなった。病気や怪我を報《しら》せるのは少しの違和感だけでいい。それだけで私達は病院に駆け込めるのだから。

今や私達から回収された痛みは山の上にある塔から放射されて、空中に散っては線香花火のように消えていくのだ。なんて便利。

そんなことを考えている内に、私の大切な中身は更にずるっと流れ出ていく。痛そうだな、と他人事のように思った。もう時間が無い。隣の先輩も似たり寄ったりの状態だ。同時に事故に遭ったので、潰された箇所もお揃《そろ》いなのだろう。本来なら死ぬほど痛いだろうに、先輩は涼しい顔をしている。涼しい顔をしている癖に、先輩もきっと助からない。

あの塔が無ければ、きっと痛みで泣き叫んでいただろう。頭の中がそれでいっぱいになって、失神していたかもしれない。でも私達には今際《いまわ》の際《きわ》の痛みが無い。泣き叫ぶという選択肢が無い私達はきっと何か大切なことを言わなくちゃいけない。でも、悲鳴より大切な言葉をまだまだ見つけられなくて、時間だけが過ぎていく。

グラビティ・フォーエヴァー

一日に一回の頻度で先輩の死体が空から降ってくるようになった。私だけに見えている幻覚なのかと思っていたが、そうではないらしい。先輩の死体は流れ星のように街に落ちては、死体らしく道に転がる。腐らないところだけは上等かもしれないが、物理的な流れ星はあまり歓迎されない。多少なりとはいえ、先輩がぶつかると建物が壊れるのだ。

先輩の落下が公害となってきた頃、法則が発見される。単純な話で、先輩は私の近くに落下してくるようなのだ。私はこれを利用して、建物の耐久チェックをこなす。先輩が落下してきても壊れない建物は箔《はく》がつくのだ。私はこれで稼いだお金で先輩を埋葬する。

先輩が堅い建物にぶつかりながら落下するのを見ると悲しい気持ちになるけれど、先輩の死体が単なる気味の悪い現象じゃなくて仕事として認知されるのは嬉《うれ》しい。けれど、先輩の死体が武器かなんかの耐久チェックに使われそうになって私は逃げ出す。死体とはいえ、先輩の身体をするっと貫く剣や銃のチェックなんかしたくないのだ。

逃げる私を追っ手が捕まえようとするけれど、その都度先輩が落ちてきて追っ手を潰す。先輩にはそれなりの威力があるのだ。一日一回のルールはどうしたんですか、と私は笑う。死んでいる先輩は答えない。

私は交通事故で一度死んでしまったのだが、科学技術によって蘇《よみがえ》りを果たした。脳髄だけを四角くて黒い小さな培養槽に移し、クローン技術によって新しい身体を作ってから、脳の移植を行ったのだ。こうして無事に復活出来たのは嬉《うれ》しい。何度失敗しても、先輩は諦めなかったのだという。今回ばかりは感謝しかなかった。

培養槽で生き永《なが》らえていた時のことは思い出したくない。知覚の全てを奪われ、暗闇の中で過ごすのは耐えがたい経験だった。それでも、先輩は一週間に一度は私に電気信号で話しかけてくれた。あの時間だけが私の救いだった。

身体を取り戻した私は自分で歩ける。もう二度と事故に遭わないように注意しながら、先輩の家に向かった。あれから私達の仲は急速に近づき、こうして頻繁に部屋に出入りするようになったのだ。

先輩は私が来たことにも気づかず、ソファーで眠っていた。私が復活してから、先輩は何故かどんどん疲弊していくようだった。今日は寝かせてあげようと思いながら、毛布を探しに先輩の私室に向かう。普段は出入りさせてもらえないその部屋に足を踏み入れる。

先輩の部屋は狭く、壁も床もびっしりと黒いタイルで覆われていた。よく目を凝《こ》らすと、そのタイルの一個一個が、なんだか小さな箱のように見えた。

傘要らずの日

何故か度々《たびたび》赤い雨が降るようになり、みんなはそれを嫌って外に出なくなる。色んな学者がその赤い雨を調べ、原因を突き止めようとしたけれど、全く上手くいかない。本物の超常現象を前にした時の人間たちの様子は面白かった。みんな最終的には神とか悪魔とかそういう話をし始めるのだ。

けれど、私は気づいてしまった。赤い雨が降る日、それは先輩が怪我をした日なのだ。どんなに晴天であっても、先輩が指先を切っただけで雨が降る。こんなことを真面目に主張したら、頭がおかしいと思われるかもしれない。でも、これは偶然の一致では済まされないと思う。

まあ、先輩は流血沙汰《ざた》の怪我はそうそうしない。雨は不定期に降り続くけれど、次第にみんなそういうものとして片付けるようになる。傘やレインコートがよく売れるようになった。あと、赤い服も。この雨はただの厄介物として処理されていく。

今日も朝から赤い雨が降り続けていた。凄い勢いだ。みんな外に出ない。ところによっては休みにすらなったようだ。そんな中、私は一人外に出て雨を浴びる。

今日は朝から先輩が手術を受けている。結構大変な手術らしく、成功するかは分からない。私に出来ることは何もない。雨は降り止まず、先輩は戦っている。全身で豪雨を浴びながら、私はそれが止む瞬間を待っている。

街中で私にそっくりな人間を見かけた時から狂騒が始まる。件《くだん》の存在は私のドッペルゲンガーであり、私の悪性らしい。見たから死ぬというわけでもなかったけれど、相応の迷惑はかけられる。私のドッペルゲンガーは盗みを働き、放火をし、悪業の限りを尽くす。当然ながらその罪は私の方にも降り掛かってくるわけで、本当に困った。濡《ぬ》れ衣《ぎぬ》だけど濡れ衣じゃない。でも私はやっていない！

困り果てた私は、先輩に泣きつく。すると先輩は真剣に頷《うなず》いて、解決策を見出した。つまり、徹底的な監視だ。先輩は私のドッペルゲンガーを追い回し、悪事を働こうとするとその都度止めた。地道過ぎる方法だったけれど、確かに効く方法だ。

しかし、ドッペルゲンガーの悪業は止まらない。そういうものとして生まれついたそれは、街で暮らすことが出来ず、ついに先輩は、私のドッペルゲンガーを連れて人里離れた山奥に旅立ってしまった。

あれから私のドッペルゲンガーの悪業はぴたりと止み、それきり二人の行方《ゆくえ》は分からなくなってしまう。

一人取り残された私は、今は誰も住んでいない先輩の家の窓に石を投げた。派手な音を立てて窓が割れたけれど、先輩は私を止めに来ない。やっぱり窓を割る程度じゃ放火には敵《かな》わないよな、と思う。火を点《つ》ければ、きっと窓も一緒に割れるし。

ささやかだけど役に立つこと

先輩が手品を勉強したというので、一つ披露してもらうことにした。先輩が選んだ演目はオーソドックスなトランプのカード当てだった。私が引いたカードを見ずに当てるというアレだ。私はわくわくしながら先輩の答えを待つ。ややあって、先輩は厳《おごそ》かな声で「ダイヤの5」と言う。

その瞬間、気まずい沈黙が降りた。私の選んだカードはクラブの9だ。全然違う。けれど、先輩は平然としていて、そのままトランプを仕舞ってしまった。色々と凄い。

結局、先輩が手品をしたのはそれっきりだった。飽きてしまったのか、例の失敗が堪《こた》えたのかは分からない。私もついさっきまで、この手品のことなんか忘れていた。

あれから十年以上が経ち、私は莫大《ばくだい》な借金を背負っていた。人生というのは不可思議なものだ。こんな大金を命で贖《あがな》わなくちゃいけなくなるなんて。

私は某所のカジノで、人生最後の賭けをしている。五十二枚きっちり伏せられたカードの内、ディーラーが指定したものを当てるのだ。私は柄《がら》と数字を当てる、一番倍率の高い賭けをしている。

負けたらおしまいだというのに、私は落ち着いていた。私はダイヤの5、と短く言って目を閉じる。ディーラーがカードを捲《めく》ると、歓声が上がった。私はこの歓声が本来は先輩のものだということを知っている。

先輩が徐々に木になる病に罹《かか》った。信じられずとも、絡めた指の硬さについては否定のしようもない。

薬指に生えた葉っぱを花占いのように毟《むし》りながら「長生きすることになりそうだ」と呟《つぶや》く。確かに木は人間よりずっと長く生きそうだけれど、木に変わってしまった時点でそれは先輩の死じゃないのか、と私は泣く。少し気を抜くと先輩はすぐ哲学の話にすり替えて悲しみを追い出そうとするので、私は踏み止まってわんわん泣く。

程なくして先輩は本当に木に変わってしまって、私は案の定号泣するのだが、一方で大樹と化した先輩に永遠を見る。これならもう私より先に死んでしまうこともない。と、思っていたはずなのに、先輩の木はあっさりと伐《き》り倒されて製紙工場に運ばれた。薄く延ばされて製本された先輩を見て私は更に泣く。

おまけに、先輩に印刷されていたのは私にはよく分からない古い外国語だった。これじゃあ一体何が書いてあるのかも分からない。邦訳版が出る予定は無いと聞いて、思わず倒れそうになった。どうすればいいのか。

今私は、辞書を駆使して自分で訳している。分厚いそれはまだまだ読み解かれることがない。ひょっとすると数年かかるかもしれない。ところで、意外なことにこの物語は面白かった。普通に続きが気になるのが、何だか悔しい。

慣性

例えば、付き合うとなった時から正解探しは始まっている。だから何かが変化するのも続くのも嫌なわけなんだけど、先輩と帰り道に行った立ち飲みカフェがあまりに当たりで、私達は明日も来る約束をしてしまう。だって、その店は百を超えるミニサイズのコーヒーを出してくれるところで、トッピングやクリームを変えれば選択肢は更に増える。なのに値段が百円なのだ。だから、毎日でも来られますねって言ってしまったのだ。駅の近くだし。それが本当にいけなかった。

それから毎日私と先輩は帰りにその立ち飲みカフェに寄る。元より一緒に帰ってはいたので、一行程増えた形になるわけだ。でもそれがずっと続くわけもなくて、私の方が一度それを断る。そこから先はぱったりと行くことは無くなってしまった。

あれが全てだとは思わないし、その内先輩の方だって何かしらの用事でカフェに立ち寄るのを断っていたはずなのだ。だから、あんなのは失態でも何でもない。

程なくして安すぎる値段でコーヒーを出していた立ち飲みカフェは潰れてしまう。その場所は速やかに更地になる。

更地になったその場所に黒い人影が立っている。殺さんばかりの形相《ぎょうそう》で私を睨《にら》んでいるのは私だ。私は今でもあの場所に居る。私の未練は禍々《まがまが》しく恨《うら》み深いが、同時に永遠を信じてもいるので、案外純粋なのかもしれないと思う。

夢を見る。夢の中の私はいつも同じ電車に乗せられている。乗客たちはみんながみんな一人客で、一様《いちよう》に押し黙っている。この夢の嫌なところは、とにかく長いところだ。体感的には丸々一週間もここに閉じ込められる。それに気づいた当初は泣き喚《わめ》いたり電車の中で暴れ回ったりしたけれど、最近は諦めが先にくるのでただボーッとするだけだ。

心配しなくても、目が覚めたら一晩しか経っていない。その意味では、この夢はコストパフォーマンスが良い夢とも言えた。全く嬉《うれ》しくない。

けれど、今回はちょっと様子が違っていた。夢に閉じ込められて一日が過ぎた頃、途中駅で先輩を見つけたのだ。私は嬉しくなって先輩を呼び、列車に乗せる。このお陰で今回の一週間は楽しかった。誰かが話してくれるだけで随分違う。

ただ、目が覚めて後悔した。私はいつも通り一晩で目覚めたけれど、先輩は一週間も目を覚まさない。私と先輩の時間の進みは違うのだ。

それからしばらく経って、またしても私は列車の夢を見る。孤独でつまらない酷《ひど》い夢だ。列車の中で一日を過ごすと、またも先輩の居る途中駅に辿《たど》り着く。列車はしばし停車するが、先輩は列車の中の私に気づかない。

でも、私は絶対に先輩を呼ばない。やがて列車は走り出し、先輩の姿は見えなくなっていく。本当に寂しいけれど、私は先輩を呼ばない。それだけが私の唯一の抵抗なのだ。

本番

先輩にさよならを言って部室を出る時に、私はぼろぼろ泣く。ちょっと涙ぐむとかじゃなく、しゃくり上げるくらい泣いてしまう。先輩もちょっとびっくりして私を慰める。何というか、先輩と別れるのが寂しかったのだ。でも泣くほどじゃない。また明日だって会うだろうし、別に今生《こんじょう》の別れじゃない。私は大泣きしながら駅まで行き、部屋に入ってようやく泣き止む。

私の情緒はどうなってるんだ、と思いながら眠る。きっと私は疲れているのだ。そして次の日も私は泣く。先輩と別れる段になるとまたも涙腺が緩んで私は泣く。泣き過ぎて頭が痛くなり頬が腫れるけれど、それでもなかなか泣き止めない。先輩が家まで送ってくれたりもするけれど、部屋に入って泣く時間が増えただけだった。

私はその後も先輩にさよならを言う度《たび》に泣く。おかげでスポーツドリンクを常備するようになった。号泣してはそれを一気飲みするのだ。

私が先輩とお別れしても泣かなかったのは、葬式だけだ。私はもう動かない先輩を見ても涙一つ流さずに、先輩とのお別れをちゃんとこなすことが出来る。先輩のことをちゃんと記憶出来るし、さよならだってちゃんと言える。

今生の別れのように泣いておいたのは正解だった。最後の時に見た先輩の姿は鮮明でくっきりしている。本当に大切な時に、きっと泣いている暇なんかないのだ。

先輩を含むみんなとクリスマスパーティーをする。パーティーだからと言って、別に特別なことをするわけじゃない。いつものように飲み会をして、ちょっとケーキを食べるだけだ。九等分という難易度の高いケーキの切り分けは結局上手く行かなかったのだけど、頑張っただけ許して欲しい。

その時、参加していた一人がケーキが去年とは違う店のケーキであることに気がついた。その通り。例年通りのクリスマスケーキはお店の閉店に伴い入手出来なくなってしまったのだ。ケーキに気づかれた瞬間、参加者の一人が煙のように消えてしまう。

それ以来、私は変化が起こらないように気をつけた。いつものクリスマスパーティーが演じられるよう、細部までこだわり同じものを作る。けれど、惣菜《そうざい》やオーナメントやケーキは、やっぱり物自体が変わってしまうところがあって、その度《たび》にペナルティとして参加者が消えた。ささやかな変化が人を変える。

そして、何もかもが例年とは変わってしまった頃、ついにパーティーに参加するのは私と先輩だけになってしまった。もうツリーもケーキもチキンも以前のものから変わってしまった。参加しているメンバーも違う。変わらなかったのは、正しく先輩だけなのだった。私はクリスマスパーティーを続けられなかったことを謝るけれど、先輩は優しく笑って、今まで一度も鳴らしたことのないクラッカーを取り出す。

モーニングコール

先輩の嫌いなものは全て知っている。何をすれば嫌がるのかも、何に対して傷つくのかも全部だ。今日の私は先輩が綺麗《きれい》に片付けている書斎に火を点《つ》けてやった。先輩はこのミステリーのシリーズを愛していたから、初版を火にくべられるのはこたえるはずだ。

案の定先輩は火に巻かれる本を見て、なんだか泣きそうな顔をしている。幸せでいて欲しい相手にそんな顔をさせるのは忍びない。

こうして先輩に嫌がらせをした後は、いつも酷《ひど》く消耗する。やりたくてやっているわけじゃないから当然だ。先輩は今昏睡《こんすい》状態にあり、その中で夢を見ている。私の仕事は先輩を起こす為に夢の中で先輩に嫌がらせをすることだ。

けれど、どれだけ嫌がらせをしても先輩は目覚めることがない。あんなに嫌なことをされているはずなのに、先輩は夢の中を肯定する。私は酷く焦っていた。先輩はどうしてこんな夢の中にいるんだろう？

私は先輩に対する嫌がらせの天才だった。だから、理由も分かった。私はいつものように先輩の夢の中に入り、先輩に会った。そして銃を取り出すと自分の頭を撃った。

銃声と共に目を覚ますと、ベッドにいた先輩も目を覚ましていた。先輩は汗だくになりながら「毎日来てたな」とだけ言った。私は頷《うなず》きながら「まさか良い夢でしたか」とだけ返す。今ここにいる先輩が答えだ。

不幸にも足を滑らせ、屋上から落下した先輩はゆっくり落ちていく。この落下スピードが酷《ひど》く遅くて、数秒経っても数分経っても、先輩は空中で止まったまま殆《ほとん》ど動かない。

私の方も落ちていく先輩を見て泣いているばかりでなく、落ち着いて事態を見る余裕が出てきた。手を伸ばせば先輩に触れられるけど、引き揚《あ》げることは出来ない。空中にいる先輩も、見るからに顔をしかめている。落ちるなら落ちろ、とは言いたくないけど、これはこれで困る。

それから全く進展はなく、三年が過ぎる。先輩はまだ数センチしか落ちておらず、地面はまだまだ遠い。私は屋上に登っては先輩に話しかける日々だ。先輩は歳を取ることもなく、あの日の先輩のままでいてくれた。いつか先輩が着地する時の為に、先輩の落下予測地点にはマットが敷かれている。これで先輩は無事に助かるだろう。問題は先輩を待っている私の方が先に死んでしまいそうなことだ。

年老いた私は、ようやく数メートルの落下を果たした先輩にとある提案をする。拒絶されるかと思ったけれど、先輩は優しく笑って頷《うなず》く。

今、先輩の落下予測地点にはマットレスの代わりに私のお墓が建っている。このまま落下すれば、先輩の頭に墓石が当たる計算だ。硬い墓石は奇跡によって助かるはずだった先輩の命を奪うだろう。でも、先輩は相変わらず穏やかに空中で本を読んでいる。

まずはお隣さんから

借りていた本を返す為に、何となく先輩の家に向かう。住所は知っていたし、地図アプリもあるから迷うことはないだろう。けれど、電車に乗って数分もする頃には、私はこの決断を後悔していた。本を返すだけなら部室で返せばいいし、いきなり行くと迷惑がられるかもしれない。もしかしたら留守で全部無駄になるかもしれない。要するに、私は尻込みしたのである。

すると、奇妙なことが起こった。電車で十数分であるはずの先輩の家の最寄駅にいつまで経っても着かない。何度も路線を確認しているのに、先輩の最寄駅はどんどん遠くなっていく。五時間ほど電車に乗り続け、私はようやく諦めた。これは無理だ。

他の交通手段を使っても、先輩の家には行けない。バスはまだしもタクシーの時は困った。メーターが恐怖の対象になるまで粘っても、先輩の家には行けず、地図上での目的地はどんどん遠くなる。きっと私が心のどこかで先輩の家に行くのを怖がっているからだろう。全くセンチメンタルな世界だ。でも分かる。拒絶されるのは怖い。私は死ぬほど悩んだ末に、先輩に電話を掛ける。

「先輩の家に行ってみたいんですよ」と素直に言った瞬間、地響きがした。隣に見慣れないアパートが出現し、スマホを耳に当てた先輩が、気まずそうに笑っているのがその窓から見えた。

他人事

目が覚める度《たび》に先輩が違う人になっている。昨日は少女、今日は青年、一昨日はおじいちゃんだ。先輩の変化は一貫性がなく、しかも捉《とら》えどころが無い。話してみるまで先輩かどうか分からないから、一日中探し回った挙句《あげく》に数分しか話せないこともあった。変化するまで居場所すら発覚しないのはちょっと困る。

このことに巻き込まれてから、私は周りの人に優しくなったし、どこでも立派な振舞いをするようになった。どこに先輩がいるか分からないから、いつだって先輩を相手にしている気分でいないと。そんな私の言葉を聞いて、隣にいる先輩が綺麗《きれい》なお姉さんの顔で私を撫《な》でてくれる。久しぶりに会えて嬉《うれ》しいから、なおのこと寂しい。

私が焦り始めたのは、テレビの向こうで先輩を見つけてからだ。紛争地域にいる少女の先輩は傷だらけの顔でインタビューを受けている。画面越しでも私はそれが先輩だと分かった。数ヶ月ぶりに先輩を見た私は、居ても立っても居られず家を飛び出す。

あれから数年が経ち、私は調停官として表彰を受けている。どんな場所でも親身になって問題を解決しようとする姿勢が評価されたけれど、これは偽善のような気もする。だって、私にとってはこの世の全てが他人じゃないのだ。

代表である老齢の女性が私の元に歩み寄り、感謝の言葉と共に私を抱きしめる。頭を撫でる手つきが変わっていなくて、私は久しぶりですね、と小さく言う。

動機

ある日眠りにつくと、先輩の夢に登場していた。理屈に合わないことだけれど、ここが先輩の夢の中であることが肌で分かる。夢の主人であるはずの先輩は、広大な畑で綿をひたすら収穫していた。これ楽しいのかな、と思いながら近づいていくと、先輩は大仰に驚いてから溜息《ためいき》を吐《つ》いた。楽しいかと尋ねると、楽しいと思うか？　と返された。

楽しいわけではないらしい。私と出会った先輩は、綿摘みを放棄して私と遊ぶ。それから毎日、私と先輩は夢の中で遊ぶ。先輩が就職してからは毎日会うのが厳しくなってしまったから、夢の中で会うのが一番早いのだ。

先輩は毎日が上手くいっていないのか、夢の内容はしばしば荒れた。先輩を苛《さいな》む周りの人間や出来事から、手を引いて逃れていく。楽しかった。反面、先輩が穏やかな日を過ごすと、夢は殆《ほとん》ど見なかった。ぐっすり眠れているのだろう。

ある日を境に、先輩がぱったりと夢を見なくなり、私は暗闇に置いてけぼりになる。とうとうこの日が来たか、と私は思った。先輩は今日も幸せそうに眠っているのだろう。次の日、私は対策を講じて夜を待つ。ちゃんと先輩は夢を見た。誰かを探している夢だ。きっと悲しいことがあったのだろう。私は夢の中にまで出てきた先輩の恋人を縛り付けながら思う。夢にまで見るなんて、よっぽど恋人が心配なんだろう。それがまた気にくわない。

駄目だと分かっているのに私は先輩の家に忍び込み、ベッド下で同じような境遇にある別の後輩と鉢合わせる。やっていることが同じだからか、私達は目が合って数秒で互いのことを理解した。私達は同じ穴の狢《むじな》なのだ。

私達は等しく罪人である。とはいえ、私達が先輩の家に及ぼす影響はそう多くない。物を少しだけ移動させたり、あるいはペンの一本、栞《しおり》の一つを置いたりするくらいだ。私達は互いを容認しながら、先輩の生活に少しだけ介入する。こうして部屋に忍び込んでいるのに、私達は直接先輩に何かを伝えることも出来ない。そこがとっても似ている。膠着《こうちやく》状態は意外な形で破られた。ある日先輩の家に行くと、いつもの後輩とはまた別の後輩がいた。しかも三人。私達五人は先輩の部屋に立ち尽くし、気まずく目配せをする。誰も彼もやることは同じだ。私達は私達が来た証《あかし》として先輩の部屋を変える。先輩と鉢合わせをしたことは無いし、バレてはいないと思う。けれど、部屋に無限に増えていく物たちを訝《いぶか》しく思ってはいるはずだ。そもそも、先輩の部屋には物が溢《あふ》れ、足の踏み場も無い。それでも先輩は物に埋まったまま暮らしてくれる。

私達が最も愛を感じるのは、先輩が増えたものや移動したものにちゃんと気づいてくれることだ。先輩はそういう時、酷《ひど》く優しい顔をする。私達はそれが見たいあまり、先輩の部屋を物で埋めていく。

不良品

先輩が就職をしてからというもの、何だか不穏だ。先輩は朝早くに出て夜遅くに帰ってくる。それだけならまだいいのだけれど、帰ってくる時の先輩はいつも泥に塗《まみ》れているのだ。先にベッドに入っている私は、先輩のひっそりした足音とシャワーの音を暗闇で聞く。そんな時、私は先輩のことをほんの少しだけ怖いと思ってしまう。別に先輩が何かしているわけでもないのに。

思い切って先輩に何をしているのかを尋ねてみても、気にしなくていいとはぐらかされてしまう。気にしたいわけじゃない。私だって本当は無視したい。

どうしても気になった私は、先輩が出かけるのに合わせて先輩の跡を付けることにした。先輩はまっすぐに車を走らせ、工場のような場所に辿《たど》り着く。先輩はそのまま中に入って、スコップを持って出てきた。先輩はひたすら穴を掘り、私と同じ顔をした生き物をひたすら埋めていく。埋められるのは大体が挙動のおかしい子だ。なるほど。

私は先に家に帰り、いつもと同じようにシャワーの音を聞く。先輩がベッドに入ってくるのに合わせて、私は「私はどこがダメだったんですか?」と尋ねる。すると、先輩は驚いた顔をして、私の濡《ぬ》れた目元に指を沿わせると「これだ」と言った。

そうか、これって私には付いてない機能だったんだな、と思いながら目を閉じる。私はとても運の良い後輩なのだ。

名前が長すぎる私の先輩

先輩の名前が変わることになって、それ自体は別に良いのだけど、その名前の圧倒的な長さに私は驚く。ゆうに千文字を超えるその名前は、ここに記すことも出来ないのだ。とはいえ、私は先輩を先輩と呼ぶので実害はない。先輩は試験の時、別に記名用紙を貰《もら》うと聞いて大変だな、と思ったくらいだ。

先輩の名前は長すぎて、本人もたまに間違える。そんな時は私が間違いを正してあげるくらいだ。そんな時、先輩は驚いた顔をしつつも何だか嬉《うれ》しそうな顔をするので照れてしまう。そこだけはちょっと嬉しい。

ただ、他の点は最悪だった。先輩と甘い雰囲気になろうと、名前を呼ぶのが大変なのだ。先輩の名前をちゃんと覚えているということが、私の愛の証明なのに。でも、先輩くらいしかその証明を知る人はいないのだ。それでも私は先輩の名前を毎日諳《そら》んじている。覚えていられるように、忘れないように。

そして今、私は先輩の代わりに先輩の名前を書いている。私が甘やかした所為《せい》で、先輩は自分の名前すらうろ覚えなのだ。私は長い長い先輩の名前を代わりに書く。先輩は何だか嬉しそうだ。いつもと変わらない光景だけど、今日は少し特別だ。

それにしても、試験の時と同じく婚姻届も別紙を渡されるとは思わなかった。こういうパターンは他にもあるのだろうか？

埋葬

私の身体は陶器で出来ている。これは先輩も知っていることだ。陶器製かつ割れたら取り返しのつかない身体なので、先輩はやたら私に優しい。誰よりも身を呈して守ってくれるし、必ず落下物に当たらない場所を確保してくれる。それを愛だと勘違いしないのは難しい。私達は当たり前のように惹《ひ》かれ合い、恋人同士になる。

しかし、気遣いだけで始まった恋は上手くいかないものだ。私と先輩は趣味が合わず、よく言い争いをした。私は陶器にもかかわらず先輩を殴り、小指を粉砕してしまう。先輩は私の欠片《かけら》を拾い集めながら気をつけるよう言うけれど、私の目的は身も心も先輩を傷つけてやることなのだ。欠片は庭に埋める、と悲しそうに言う先輩を見て胸がすいた。

私はわざと先輩の前で小さな傷を作り、その度《たび》に欠片を処分させた。

そんな私だから、先輩に裏切られてしまったのだろう。先輩は今、知らない誰かに愛を囁《ささや》いている。知らない誰かの名前を呼ぶ先輩の声を、私は先輩の中から聞いている。

今朝の私は機嫌が悪く、わざと右耳を破損してこれ見よがしにテーブルに置いた。欠けたところ塗《まみ》れの私を見て、悲しそうな先輩がいつものように捨てに行く。

けれど、私の耳は土の中ではないところ、先輩の胃の中にあった。一体、どんな気持ちでそれを食べ、その口で誰かの名前を呼んでいるのだろう。家で一人耳を澄ましながら、私はこっそり泣いている。

弱点属性

今日も今日とて先輩と部室で過ごしていたのだが、何故か先輩がやたら私から距離を取っている。何かしてしまったのか、と問い詰めてみるも、先輩は頑《かたく》なに理由を話そうとしない。けれど、訳もなく一メートル間隔を保つ人間がいてたまるか。

理由を言わないなら飛びかかりますよ、という悲しい脅《おど》しをすると、先輩はようやく口を開いた。なんでも、先輩と私はタイプ相性が悪く、私が触れると先輩は大ダメージを受けるのだそうだ。……だそうだ、ではない。由々《ゆゆ》しき事態だ。けれど、本気で怯《おび》えている先輩に迫れるほど、私の心は強くはないのだ。傷つけたいわけでもないし。

人間には相性があり、それは覆《くつがえ》ることがない。それでも先輩に触れられないのは辛《つら》く、私はその気持ちをひた隠す。こんな因果があってたまるかと、私は神様に祈る。どうかこの相性をどうにかしてください、先輩と私が一緒にいられるようにしてください、と願う。そして願いは聞き届けられた。

ある朝目覚めると、私のタイプが変わっていた。私は意気揚々と先輩に会いに行き、何か言われる前に抱きつく。先輩は焦っていたが、痛くはないはずだ。何故なら、タイプ相性が変わったのだから。先輩は驚きながらも喜び、私を抱く手に力を込める。

よかった。これでハッピーエンドだ。私は先輩の温かさを感じながら目を閉じる。それにしても、まさかタイプ相性で食らう大ダメージとやらがこんなに痛いとは。

そうその笑った目元が似てる

先輩の子供は先輩によく似ていて、なんだかそれだけでかわいく見える。だから私はその子に取り憑《つ》いて守ってあげることにした。他に寄る辺《よるべ》もないからだ。

私を失った先輩が他の後輩と出会い、幸せの形の一つを摑《つか》んだのは良い。でも、まさかその幸せを全く享受しないままあっさり先輩も死んでしまうとは思わなかった。先輩はあっさり成仏してしまい、浮遊霊である私と再会することもなかった。

そこで私も現世を離れようとしたのだ。それが出来なかったのは、天涯孤独になった子供が気になったからだ。先輩と一緒に先輩の伴侶も亡くなった所為《せい》で、その子を守る人間は誰もいなかった。私は少しだけ迷って、決断をする。こうして私はその子が幸せを摑むまで傍で見守り、密かに手助けをし続けた。

しばらく経って生まれた先輩の孫には、先輩の面影があった。不幸の影なんかどこにもない。それでも立ち現れる先輩の影が懐かしくて、今度はその子に取り憑く。私はその子を見守り、先輩の曾孫《ひまご》の誕生に立ち会う。その子にもやはり先輩の影があった。もうやめよう、と思っているのに、私はそこを離れられない。

さて、その頃になると勘のいい子も出てきて、朧《おぼろ》げながら私の存在に気づく子も現れる。私の方を見ながら、きっと先祖が見守ってくれてるんだよ、と言うその子に微笑みながら、私は他人である先輩の影を追う。

「この店のケーキが一番好きなんですよ」

先輩はもう同じ日を百周もしているらしいが、驚かない。何回同じ日を繰り返したところで私が観測出来ないんだったら別に良い。好きに繰り返してくれ、という感じだ。先輩は「今日がターニングポイントだ」と言うけれど、理由は話せないらしい。

先輩が何を防ごうとして同じ日を繰り返しているのか、私は知り得ないわけだ。分かってくれと言う先輩を責めたりはしないけれど、もどかしい。先輩は来たる悲劇を防ぐべく今日を暗躍し、私は私で、もしかして悲劇とは私が死ぬことなんじゃないかと察する。そうでないと先輩が私を見て悲痛な表情をしている理由が分からない。というか、だとしたら先輩は分かりやすすぎじゃないだろうか。

私は先輩の意思を汲《く》み、自発的に家に籠《こも》って死亡率を下げる。先輩がどこで何をしているかは分からないが、私が大人《おとな》しくしていた方が先輩も悲劇を防ぎやすいだろう。私は不慮の死に気をつけながら部屋で過ごし、翌日を迎える。

先輩は無事に悲劇を回避出来たようだった。私と先輩はループから解放されたことを喜び合う。さて、ここからは答え合わせの時間だ。全てが終わったことで、ようやく事情が話せるらしい。そして先輩は、近所の喫茶店に私を連れてきた。

実は、昨日ここにトラックが突っ込む予定だったらしい。先輩は百一周目にしてそれを防いだそうだ。およそ私に関係なかった理由を聞いて、私は自意識過剰に赤くなる。

君は麗しのジェシカ

不意に前世の記憶を思い出した！　なんと私と先輩は宿敵同士だったのだ。それどころじゃない。その前世でもその前世でも、私と先輩は敵対していた。先輩は私を殺し、私も先輩を殺した。先輩は私の村の井戸に毒を流した。代わりに私も先輩の村を焼き討ちにした。連綿と連なる復讐《ふくしゅう》の連鎖だ。

　私はフラッシュバックの余韻に浸りつつ、夢の話であるという体《てい》で先輩に話す。実を言うと、この時点でどう先輩を殺してやるかで頭がいっぱいになっていた。すると、先輩はあっさりとそれらが事実であることを認めた。先輩にも前世の記憶があったのだ！

「それなら、前世の因縁に決着をつけましょう」

　鬼気迫る私に対し、先輩はつらっと言った。曰《いわ》く、今までずっと先輩と私は憎しみ合っていたらしい。それなのに今回は例外で、ただの先輩後輩でいられたのだ。今回の一回だけでも穏やかに過ごしたい、と先輩が言う。確かに私達はずっと憎み合っていた。なら一回だけ、こういう関係になってもいいのかもしれない。

　それから私と先輩は今まで通り過ごしている。前世のことは赦《ゆる》せないけれど、今の生活は楽しい。

　たまに先輩は私のことをジェシカと呼ぶ。それがどういう意味かはよく分からない。私の思い出せない記憶の中に、ジェシカという名前の敵がいたんだろうか？

旋律は弾く人次第

無念の内に死んでしまった天才ピアニストの幽霊に取り憑《つ》かれた。才能を生かすことなく死んでしまった彼女の為に、私は身体を貸す。これが本当のゴーストピアニストだ。私は瞬《またた》く間に有名ピアニストになり、コンサートホールでピアノを弾く。ピアニストの仕事はピアノを弾くことだけじゃなかった。私は取材を受けるようになり、テレビへの出演まで果たすが、如何《いかん》せんクラシックの知識が無いので上手くいかない。仕方なく、私は出演中も幽霊に身体を貸すようになる。

私が身体を返して貰《もら》えるのは眠る時くらいだ。指を怪我しないようにという理由で日常生活まで奪われてしまったのだ。これではどっちが幽霊か分からない。私は仕方なく中空を漂い、ポルターガイストとしてピアノを弾くが誰も気にしない。下手だからだ。

先輩の部屋にも行ったことがあるけれど、そもそもピアノが無いので為す術がない。私はピアノの代わりに先輩のお腹を弾いてやる。聞き齧《かじ》った曲をでたらめに演奏してみせる。先輩は少しだけ苦しそうだった。

ある日、その先輩が私のコンサートにやってきた。楽屋で応対するのすら、私ではなくて幽霊の方だ。その時不意に、先輩がとある曲の演奏を褒める。それは私が先輩のお腹の上で弾いた曲なんだけれど、コンサートで披露されたことはないので、幽霊がちょっぴり怪訝《けげん》な顔をする。

落下の無い物語

私は肉塊のような見た目をしていた。半分溶けた身体から粘液を出しながら移動する様《さま》は、自立する腸のように見えるかもしれない。薄暗い穴の中で暮らす私には目のような受容器官は無く、代わりに超音波を発して周りを把握する。単調で孤独な生活だ。それでも、こうして生まれてしまった以上、仕方がない。そんな私に許された娯楽と言えば眠ることだけだった。私は暗闇の中で夢を見る。

夢の中で私は人間だった。大学に通い、講義を受け、暇な時は部室に向かう。部室には先輩が居て、私と先輩は他愛の無いお喋《しゃべ》りをする。楽しかった。でも、これは夢だ。私は必要以上に入れ込まないようにして、人間の生活を楽しむ。

とはいえ無駄な努力もした。冷たい水は被らない。コーヒーは飲まない。夢から覚めないように、なるべく人間でいられるように。

だから、こんなことになるとは思っていなかった。ベッドに横たわる私の傍には、随分年老いた先輩が座っている。気丈に振る舞ってはいるものの、実際は結構ダメージを受けているはずだ。長い間連れ添ってきた相手が死にかけていて、大丈夫な人じゃない。

医者からは今夜から三日が峠だと言われている。実際、こうしている自分でも分かる。私は間もなく死ぬだろう。ここで死ねば、私はあの洞穴《ほらあな》の中に戻るのだろうか？　そうでなければいいな、と思う。だって、何十年もカフェインを控えたのだから。

懺悔《ざんげ》室に向かって走って行く血塗《ちまみ》れの男を見た。足に自信のありそうな警官が懸命に追いかけたけれど、すんでのところで血塗れの男が懺悔室に入る。がっくりとうなだれる警官。まあまあ見られる風景だけれど、犯人側が勝つのは珍しい。

血塗れの男が懺悔室から出てくる頃には、辺りはすっかり静かになっていた。一定間隔で設置された『懺悔室』に入って懺悔をすれば、罪は全く問われないからだ。彼が誰を殺したかは知らないが、懺悔した以上、その罪は問われない。逮捕するなら、懺悔室に入るまでに済ませなければいけないのだ。

尤《もっと》も、罪を犯さない人間にとって懺悔室は関係がない。懺悔室は罪人だけのものだからだ。

「すいません先輩、あと数分だけここに居てください」

薬指に指輪を嵌《は》めた先輩は、無表情で私を見た。数年前に、私の知らない誰かと結婚したそうだ。懺悔室の小さな長椅子に二人で座りながら思う。私と先輩はただの先輩と後輩だ。こうしていることに何の罪もない。だって先輩は私のことをどうとも思っていないのだから。不貞にもなれない。

だからここで罪にする。懺悔をしてしまうことにする。懺悔室の扉を誰かが叩《たた》く音がする。もしかしたら、誰かが警察に追われているのかもしれない。

想像の限界

誰かの足音がする。トンネルだからかよく響く。あんまりこういう道は通りたくないのだけど、近道だから仕方がない。私が足早に通り抜けようとすると、足音も一緒に早くなる。正直に言って本当に怖い。思い切って振り返っても、そこには誰もいなかった。もしかして、トンネルに対する恐怖心が私の頭の中で足音を鳴らすのだろうか？　なんて、そんなことを私は思う。私の中の怖い想像が、そのまま幻聴となって跳ね返ってくるのだ。嫌な仕組みだ。

いつかの時に先輩が言っていたことを思い出す。曰《いわ》く、自分が想像出来るものは怖くなんかないのだと。自分の想像の外にあるものこそ、真の恐怖の対象になるのだと。本当にそうだろうか？

また一歩歩くと、足音が響く。振り返ってもやっぱり誰もいない。前を向いても誰もいない。その瞬間、なんだか馬鹿らしくなる。たとえ背後に誰かがいたって、こんなの全然怖くなんかないのだ。だって、所詮想定の中にあるものなんだし。

と、驕《おご》っていた私の首を濡《ぬ》れた手が摑《つか》む。そして、私はトンネルの天井板に逆さまに立っている誰かを見る。なんだ、後ろにいないと思ったら上だったんだ。分からないわけだ。想定外にあるものは本当に怖い。暗くなってから暗い場所なんか通っちゃ駄目なのだ。ゆっくりと首を引き剝《は》がされながら、私は心底実感する。

天井を見ながら朝を迎えることが多くなってきたので、嫌がらせのつもりで先輩に電話を掛ける。意外なことに秒で繋《つな》がったものの「寝ろ」とだけ言われて切られた。素っ気ない声だ。けれど、それだけで安心して私は眠る。

先輩とはそう電話をする間柄じゃない。ただ、この一夜を境に、どうしても眠れない時だけ先輩と話をするようになった。卒業して離れ離れになってもそれは変わらず、私は辛《つら》い夜と悲しい日々を先輩との会話で凌《しの》ぐ。

そしてある日、電話の向こうの先輩が私を呼び出す。時間はすっかり真夜中で、まともな人間の待ち合わせ時刻じゃない。それでも私は先輩の指定した場所に行く。

辿《たど》り着いて「先輩、今でも本は好きですか？」と尋ねた瞬間、私の目の前に肉色をした虫が現れた。それを見た瞬間、全てを悟る。私は先輩の電話番号を知らない。卒業後にどうなったのかも、今何をしているかも知らない。こんな安い手に引っかかるとは。

肉色の虫に頭から喰《く》われても、悲しいとは感じなかった。電話の相手が先輩じゃなくて化物だったとしても、私は確かに救われたのだ。楽しかった。それが嘘《うそ》じゃないのなら別にいい。本当にそう思う。

ところで、最後の質問は我ながら馬鹿げている。

どうなっているにせよ、あの人が本を読まなくなるはずがないのだ。

幻肢痛

あまりに悲しい出来事が起こったので、悲しみを捨てることにした。悲しみを捨てるのには思い切りが必要だったけれど、捨ててみれば快適なものだった。悲しみが無いだけで人生はこんなにも楽なのだ。

　ところで、最近先輩の様子がおかしい。まるで、捨て犬を拾った子供みたいだ。隠し事が下手な先輩が私を騙《だま》し果《おお》せるはずがない。悲しみは失ったけれど怒りは残っている。怒りに任せて探ってみると、すぐに割れた。先輩は捨てたはずの私の悲しみを匿《かくま》っていたのだ。目につかない場所に行くと言っていたから殺さないでおいてやったのに。私の悲しみはわあわあ泣いていた。惨めなことこの上ない。それなのに、先輩は私の悲しみを庇《かば》う。赦《ゆる》せなかった。私の方が本物なのに！

　私は怒りに燃えていた。けれど、悲しみを殺す為に振りかぶったナイフは先輩に刺さってしまった。床に大量の血が流れる。倒れる先輩のことを見ると、すっと怒りが引いていった。

　燃え滾《たぎ》るような怒りが引くと、じわじわと喜びが込み上げてくる。私に悲しみはないので、差し当たって他のもので埋まったのだろう。部室の中には、悲しみの泣き声が大きく響いた。耳に障《さわ》る声だ。けれど、私は幸福の中にあった。なんて過ごしやすい人生だろう。

先輩は卒業後、宇宙に行くらしい。宇宙飛行士になるんですか、という私の言葉を、先輩は丁寧に否定する。どういうことか全く分からない。しかも、先輩の乗る宇宙船は本当にショボかった。忌憚《きたん》の無い意見を申し上げるならば、宇宙船は段ボール箱に似ていた。けれど、先輩は全く臆《おく》することなく旅立ってしまった。

宇宙船が壊れたら、先輩は宇宙に投げ出されてしまう。あんなに小さくてボロボロの宇宙船に閉じ込められて、先輩はどれだけ恐ろしかったことだろう。先輩は色々な意味で話題になった。何の意味も無く、あんな恐ろしい目に遭わせる雇い主も散々非難された。

今でも先輩がどうして宇宙に行ったのかは分かっていない。けれど、一つ気づいたことがある。何か恐ろしいことに直面して逃げ出したくなった時、私は先輩のことを思い浮かべる。そして、あの宇宙船で旅立った先輩はこれよりずっと怖かったはずだ、と思うのだ。そうすると、気分がすっと楽になる。他の人も同じように先輩を利用しているらしい。先輩が、今日も誰かの気持ちを和《やわ》らげている。

ところで、先輩は、本当に恐ろしかったのだろうか？　あの人のことだから、単に地球を見たかったとかそういう理由で旅立っていったのかもしれない。そうだったらいいな、と思う。これもまた、先輩を利用していることになるだろうか？

私達の死後には死後の世界が用意されていて、生前の行いによって天国と地獄に分けられているらしい。私はまだ死んだことが無いけれど、特別な技術やら何やらで解析が進んだ天国と地獄は、ちゃんと存在が確認出来る。天国は天国らしい楽園で、地獄は地獄らしい荒野だった。出来れば私も天国に行きたいけれど、果たして私は善人なんだろうか?

そうこうしている内に先輩が死に、先輩が地獄に落ちてしまったことが分かる。先輩が悪人だなんて思っていなかった私はそれなりに驚くし、正直なところかなり泣く。

それから私は、地獄についての研究を始める。地獄の解析はみるみる内に進み、やがて人間は地獄を住み易《やす》く開拓し始める。荒野だった地獄に物資を送ることが出来るようになり、地獄は小さな街になっていった。人間は自分が善人か悪人か分からないので、地獄だって快適にしておきたい。

やがて、地獄はグレードの低い天国に成り代わり、地獄の亡者たちが日常生活を送るようになる。先輩はそこでも本を読んでいた。本を読めるようになって幸いだ。

さて、目下の問題は、私が今善人であるのか悪人であるのかということだ。私の部屋は四階にあって、窓から落ちればすぐにでも死ねる。でも、私は今日落し物を交番に届けてしまったわけで。神様はそういうのが好きそうだから困る。

検証

先輩そっくりのアンドロイドを作った私は、早速一緒に暮らし始める。先輩をしっかりトレースしたアンドロイドは、本物と見分けがつかないくらいだ。性格も動きも考え方も、先輩そのままだ。他愛無い雑談も、ちょっとした憎まれ口も変わらない。

先輩は私のことがそれなりに好きなようだし、喧嘩《けんか》をした後もおはようの挨拶だけは欠かさない。一緒に暮らせば暮らすほど、先輩の知らなかった一面を知ることが出来る。

そうして一緒に暮らし始めて半年ほど経った頃、私は自宅の窓を破り、小型ハンマーを携えながら中に入る。音に驚いた先輩アンドロイドがやってくるので、私は右斜め上の角度からその頭を殴りつけた。私が何度も何度も殴っている間に、やがてアンドロイドは動かなくなった。

数年前、先輩が押し入り強盗に殺された。強盗は窓を破り、中に居た先輩を小型ハンマーで殴ったのだ。犯人はまだ捕まっていない。

これが捜査の進展に繋《つな》がるとは思っていない。けれど、私は知りたかった。先輩があの時どんな顔で、どんな気持ちで死んだのか。最後に言った言葉は何か。

私は何回もシミュレーションを繰り返し、本当を探し続ける。次で一体何体目になるだろう。この繰り返しで収集した本当のことにはまだバラつきがあって、私は新しい先輩を作るのをやめられないでいる。

工夫

先輩と付き合い始めた。こんな日が来るとは思いもしなかったので、私は細心の注意を払って交際にあたる。別にこういう展開を期待していたわけじゃないけれど、折角だから長引かせたい気もするのである。

交際関係を続けていくと、先輩の知らない一面が見えてきた。私の知らない一面も明らかになったと思う。こうなってくるとやっぱり諍《いさか》いは生まれるわけで、先輩が私の罵《ば》詈《り》雑言《ぞうごん》に苦言を呈しつつ最悪の雰囲気でデートは終わる。

このままではいけないと思った私は、思い切って交際言葉以外の語彙を捨てる。交際言葉とは交際を円滑に進める為に私が独自に定めた言葉であり、主にラブな言葉だけで構成されている。

しかし、人間の柔軟性は恐ろしい。窮屈な語彙は新たなルールを作る。私はラブラブユーと二回繰り返すことで「殺してやる」の意味を表すようになった。

先輩は渋い顔をしているが、泣き出す寸前の私を見て何も言えないらしい。私の鬱憤《うっぷん》は晴れない。殺意は消えないし喧嘩《けんか》はやまない。私達は変わらない。

けれど、交際言葉の一部だけが変わる。これは先輩の提案だ。私は「ケーキが食べたい」で「殺してやる」の意味を表すようになる。すると先輩は、黙って私にチーズケーキを差し出してくる。それの所為《せい》で私達はギリギリ交際を続けていて、何かずるい。

どうやら先輩は私のことが好きらしい。思い上がりなんかじゃない。何しろ、先輩本人からそう言われたのだから！　私は大変な勢いで浮かれ、調子に乗って先輩の告白をやんわりと躱《かわ》す。先輩が本気であることはその目を見れば分かったし、少しくらい駆け引きがあってもいいんじゃないか？　と思ったのだ。

そのツケは案外早く払わされた。次の日私は、別の人に告白している先輩を目の当たりにすることになる。私は思わず先輩を蹴り飛ばしてしまった。転がる先輩を助け起こした際に、私はまたも先輩に告白される。そこでようやく分かった。先輩は異常に惚《ほ》れやすい人間だったのだ。誰かに話しかけられたり触れられたりしただけで、先輩の恋が始まる。先輩自身に悪気はなく、心がそうなってしまった以上、先輩にもどうとも出来ないのだそうだ。それを私は、付き合ってすぐに実感する。まさか待ち合わせ場所の目の前で、知らない誰かを抱きしめる先輩を見るなんて。先輩の一目惚《ひとめぼ》れは老若男女問わなかったが、私が話しかけると先輩はまた私に恋をした。その数秒後に他の人に好きと言っていても、その時は私だけのものだ。

あれから何十年が過ぎ、私は車椅子に座ってベッドの上の先輩を見る。毎日私に一目惚れする先輩を見て、伴侶のことも忘れてしまったのか、と周りの人は言うけれど、そうじゃない。先輩は運命の人を見るような目をして、今日も今日とて私に出会う。

同業他者

最近の先輩はどんどん巨大になっていく。部室の扉をくぐりにくそうにしている時点でまずいんじゃないかと思っていたけれど、ビルより大きくなってからは完全にアウトだった。先輩のような大きさの人間が生きていくのは難しい気がするのに、巨大な先輩は解体工事で活躍する。重機で解体しなくちゃいけないような古いビルを人参《にんじん》のように引っこ抜いていく。確かに先輩は便利だった。街を開発する為には色々と要《い》らないものが多いのだ。そんな先輩を後目に、私は就活に失敗する。

色々あって就職したのは、解体屋の職だった。先輩に頼めば秒で終わる作業だけれど、一部の人は先輩に解体作業を頼みたくないようなのだ。人間の手仕事で解体してもらいたい、という奇矯《ききよう》な人を相手に、私は解体を行う。ニッチなところにはニッチな需要があるようで、なかなか仕事には困らない。

先輩は今日も色々な街の建物を破壊しては更地に戻している。重機を運転しながら遠くの先輩を見ているとうーんと思うのだけど、お互いに仕事だから仕方がない。

そんなある日、私はとあることに気づく。先輩は最近沢山仕事を受けているのだ。前々から精力的に働いているけど、最近は受ける件数がとても多い。

このニッチな需要を叶《かな》えるニッチな業務で、私をライバル視しているのは先輩しかいない。遠くの方に、巨大な先輩の影が見えている。

人には言えない趣味が出来た。アングラサイトに行って、人が酷《ひど》い目に遭う映像を観るのだ。これは婉曲《えんきょく》表現である。最初はハプニング動画が入口だった。人が軽い失敗で痛い目に遭って笑うのが好きだった。痛い目に遭うのレベルが段々と上がっていったのは、一体どうしてなんだろう? 分からない。

私の嗜好《しこう》はエスカレートしていく。本当に人に言えないけれど、私の観ている映像のラストはいつだって誰かが死んでいた。

この秘密の趣味を覚えてから、私の生活に張りが出る。どんなに疲れてもどんなに苦しくても、無惨に殺されていく誰かを見れば耐えられた。私の生活は、あれよりはずっとマシだったからだ。私は映像をダウンロードしてはハードディスクに溜《た》めていく。

先輩の映像がサイトに現れたのはその一週間後の話だった。

先輩はしばらく前から行方不明になっていた。先輩は色々な工程を経て人間としての形を失っていった。先輩が生きている見込みはまるで無かった。

先輩は相変わらず行方不明だ。けれど、私はこの映像を誰にも教えない。この映像を見せたら何かが変わるかもしれないけれど、そうなったら私の趣味が露呈してしまう。

加えてこの映像は削除されてしまうかもしれない。

私は先輩の映像だけを毎日観る。画面の中で先輩と再会し続ける。

フォアグラだって毎日食べたい

私は本当に馬鹿だった。まさか詐欺にあって言葉を全て売り払ってしまうなんて。私の言葉は誰にも届かなくなってしまった。声が出せないのは勿論《もちろん》、筆談すら許されない状況が悲しい。

困った私のところに不思議な誰かがやって来て言葉をくれる。そんなことをしたら、当然だけどその人の言葉が無くなってしまう。でも、その人は必要な言葉だけは録音しておくから大丈夫だと言って譲らない。私はその人のレコーダーを借りて、中身を聞く。

五つの再生ボタンに対応している言葉は、それぞれ「はい」「いいえ」「大丈夫だ」「記憶にございません」などの使えるんだか使えないんだか怪しい言葉達だった。極め付けに、最後のボタンに入っていたのはやたら長いジョークだから、いよいよ意味が分からない。それが意外と面白いからこそアンバランスだった。

こうして私は言葉を取り戻した。その代わりとでも言うように、私に言葉を譲った人のことはとんと思い出せない。声も顔も全く出てこないのだ。

そんなある日、先輩が不意にジョークを言う。これがあまりにもツボに入って、私は転げるように笑った。

ただ、こんなに面白いジョークなのに、何故かそれを聞く度《たび》涙が出て、壊れたレコーダーよろしく「もう一回、もう一回」とねだってしまうので困る。

先輩と痛覚を共有していることに気がついたのは、つい先日のことだ。何もしていないのに右手の甲が痛むと思ったら、先輩が同じ場所を怪我していた。真っ赤に腫れ上がったその場所を見て、ちょっと腹が立つ。何でこんな理不尽な痛みを覚えなくちゃいけないんだ。

その後も後頭部が痛み、頬が痛み、私は先輩と痛みを共有する。最近は幾度となく唇に鈍痛を感じるようになった。嫌な仕組みだったけれど、予言者のように先輩の痛みのことを言い当てられるのは面白かった。

ただ、私は一つ勘違いをしていた。こうして共有出来るのは誰かから直接加えられた痛みだけなのだ。先輩が高いところから落ちて全身の骨を折った時に、私はそのことを知る。私の身体は少しも痛まなかった。先輩は意外とやんちゃで、多分腕も後頭部もその誰かからの暴力の延長線上にあったんだろう。誰とも揉《も》めたりしなさそうなのに。

ところで、先輩のお見舞いに行ったら、そこには先客がいた。先客は先輩と楽しそうに笑って、ついでに唇を触れ合わせた。その瞬間、私の唇に鈍《にぶ》い痛みが走る。

なるほど、法則は分かった。私と先輩が共有していた感覚の正体も。悲しいのは、法則がそれを暴力だと判定してしまうことだ。でも、ある意味あれだって殴られているようなものじゃないだろうか？

留守番電話サービスに接続します

こんにちは、ただいま電話に出ることが出来ません。ピーという発信音が鳴ったらお名前とメッセージをどうぞ。でも、一つお伝えしておくと先輩はこの電話には出ません。もうこの家には住んでいません。なのでこの電話で繋《つな》がるのは私だけです。メッセージを残す際はその点に注意してください。

そうです。先輩はここには住んでいません。昨日からです。先輩は最後まで渋っていましたが、誰かがこの家に残らなくちゃいけないんです。だから私が残りました。

最初は単なる悪戯《いたずら》だと思っていました。留守番電話に残る気持ち悪いメッセージ。何言ってるかよく聞き取れないし、こっちが掛け直してもこの番号は使われてませんって返されるし。でも、気づいたんです。私達って留守番電話サービス契約してないんですよね。

こっちが気づいたのにそっちも気づいたみたいで、そこから先は昼夜問わずメッセージが入り続けました。電話線を抜いても無駄で、ずっと固定電話からメッセージが流れ出します。私は後輩なので分かってるんですが、あなたは先輩を呼んでるんですよね？だから先輩だけは避難させました。これはせめてもの私の抵抗です。私は絶対あなたの電話には出ません。だから、もうやめてください。やめてください。やめてください。

ピー。

人間の幸福条件が解析出来るようになった。人間の幸福の条件は各々《おのおの》定められており、その通りに暮らせば幸福になれるらしい。というか、この条件から外れた人間が目の前で隕石《いんせき》にすり潰されたのを見たので、従わざるをえないな、と思ってしまった。

私の幸福条件は幸いながら簡単なもので、とある切り立った崖の上に住むことだった。似たような条件の人は他にもいたから、暮らすのに不自由はなかった。そうこうしている内に、私は崖の下に暮らす先輩と出会う。崖の下で暮らすことが幸福条件である先輩は、粛々《しゅくしゅく》と生活をこなしていた。

それなのに、どうしてこうなったんだろうか。制限をスパイスになんかしたくなかったのに、私と先輩は惹《ひ》かれ合う。条件柄《がら》、一緒に暮らすことは出来ない。私達は崖を挟んで、同居になれない同居をする。私の方からは先輩の家にゴミを投げ入れられるので、地形的に有利だった。

ちなみに、一連のこれは遺書だ。先輩が天罰で死に、リビングに倒れて二日が経った。先輩は馬鹿だ。崖を登ろうとしたからだ。でも、私の位置からは先輩がずっと見えているわけで。

穏やかな幸福がこのロケーション付きなことには納得しがたい。私はせめて先輩の家のカーテンを引いて、それからついでに先輩に触れてみようと思うのだ。

自由

私と先輩の手が呪いによってくっついてしまった。三日ほどドタバタを行った後、先輩は躊躇《ためら》うことなく右手を切断する。利《き》き手なのに、手首から先を一気にいった。とんでもない決断力だと驚いたのは私だけじゃなく、周りも先輩の行為に驚いていた。引き離す方法が見つからなかったとはいえ、そんなことは簡単に出来ない。

ところで、切断された右手は依然として私の左手にくっついていた。けれど、邪魔な『本体』から切り離されたことで、大胆な手術が可能になった。先輩の右手は巨大な建造物を切り崩すように、少しずつ削り取られていった。

その間も右手を失った先輩は世間の注目を浴びる。世間は好きなように先輩の内面を想像した。私が好きだった、あるいは嫌いだった。もしくはかなりの偽善者だった。それに対し先輩は「お互いの自由を考えたから」と素っ気なく答える。

そうして、約一年後に私の左手は解放される。ああいうやり方をした所為《せい》で、私の掌《てのひら》はごわごわとしていた。けれど、これも次第に戻っていくらしい。

責任を感じつつ、先輩のところに行く。先輩は片手で少し読みづらそうに本を読んでいた。私も以前と変わらずに、向かい合って座る。

先輩があまりにも読みづらそうにしているので、私は咄嗟《とっさ》にごわごわの左手でページを押さえた。先輩は何か言いたげに私を見るけれど、私は完璧に自由なので無視をする。

間隙

私は大学に落ちて浪人をすることになったのだが、とにかく志望大学に通っている人間が憎い。というわけで私は勉強もせずに、その大学に通っている人間をストーカーし始める。私が目をつけたのは何の変哲もない学生の一人だった。本が好きなのか、いつも本を読んでいる。私はその人を先輩と呼んで、跡をつけるようになった。

先輩は他に部員のいない謎のサークルに所属していて、一人ぼっちの部室で本を読んでいた。最初は憎しみから始めた観察だったのに、次第に私は先輩が大好きになってしまう。先輩はどんな風に会話をするのか、それが気になって仕方がなかった。

しかし、私の好奇心は最悪の展開で満たされる。先輩のサークルに新入部員が入って来たのだ。新入部員は先輩と本の話をして楽しく過ごす。その作者の新刊なら、私だって読んだのに。その返しなら、その提案だったら私にだって出来た。

私は先輩と新入部員を見つめ続ける。憎しみが煮詰まった末に、私は二人に介入し始める。私は本棚に新しい本を追加し、二人はそれをどちらともなく手にする。私が置いていたお菓子を疑うことなく食べ、私が置いた文房具を使い、私が書いたラブレターを読んで思いが通じ合った気分になる。

きっと二人は付き合い始めるだろう。陳腐でつまらない話だ。けれど、その中には私だって介在していて、きっと死ぬまで貴方達を見ている。

アンコール

街で性質《たち》の悪い四人組に絡まれてしまった。私は隙を突いて大通りに逃げるけれど、彼らはすぐさま追いかけてくる。もう駄目だ、と思った瞬間意外なことが起こった。私を追っていた四人全員が車に轢《ひ》かれて即死したのだ。

衝撃的な出来事だった。目の前の光景を恐ろしいと思う気持ちと、助かった、という気持ちが交錯する。けれど、話はそこで終わらなかった。その一週間後、私は再び件《くだん》の四人組に絡まれたのだ。確かに死んだはずの四人が蘇《よみがえ》ってきた恐怖と、絡まれたことによる恐怖が綯《な》い交《ま》ぜになった瞬間、先輩が現れてその四人をボコボコにする。

四人の惨状は酷《ひど》いものだった。けれど、有《あ》り体《てい》に言えばこの四人はゾンビなのだ。こうして殺された方が自然の理に適《かな》っているかもしれない。

けれど、更に二週間後。私はまたも同じ四人組に襲われる。死んだはずの彼らは何事も無かったかのように私の元に現れて、私を助けにきた先輩に殺される。

怪我は無かったか、と尋ねてくる先輩に頷《うなず》きながら、私は一つの予感を覚えていた。きっと、程なくして彼らはまた現れるだろう。四人に初めて襲われた日、私は先輩に泣きついたのだ。あの日の恐怖を、衝撃を語って聞かせた。先輩は物々しく頷いていた。

今日現れた四人組のことを思い出す。私を襲いながら、彼らは一様《いちよう》に怯《おび》えていた。助けてほしい、とでも言いたげに手を伸ばす彼らのことが、私は一層恐ろしい。

世界の隣を塗り替える

突然世界の全てが青く見える奇病に罹《かか》ってしまった。全てが青一色で塗り潰される様《さま》は、綺麗《きれい》だけれどおぞましい。何しろ食べ物から人間に至るまで全てが青いのだ。食欲も無くなるし気分も悪い。原因は未だ分からず、私はどんどん弱っていった。

先輩はそんな私を心配してくれたけれど、罹った当初はそんな気遣いすらも腹立たしく、先輩に「私の気持ちなんか分からない」と言って随分荒れた。先輩は思うところあったのか、一旦私から離れてしまった。自分が先輩を拒絶したくせに、それを受けて私は更に荒れた。

半年後に先輩が戻ってきてくれなかったら、私は死んでいたかもしれない。戻ってきた先輩は私を強引に自分の家に住まわせ、治療法を探した。それから三年もの間、先輩は私に献身的に尽くしてくれた。この点は感謝してもしきれない。

そして、ついに治療法が見つかった。手術を受けた私は、久しぶりに色分けされた世界に戻ってきた。景色がこんなに綺麗だとは思わなかった。早く退院して先輩のところに帰りたかった。先輩にこの感動を伝えてあげたかった。

けれど、息急《いきせ》き切って家に戻ると、そこにはもう先輩の姿は無かった。そこにあった壁も家具も食器も、何もかもが青く塗られた奇妙な家だけが残されていた。

偏愛コレクション

先輩はよく人にものをあげてしまう。先輩の寛容さを分かりやすく伝える為に、私はよく唐揚げを丸々一個くれる人、という言い方をする。唐揚げ定食の四つしかない唐揚げの内の一つを、先輩は私の「いいな」の一言で簡単にくれる。確かに嬉《うれ》しいし、唐揚げは美味しいけれど、そんな簡単にあげていいものではないんじゃないか、と私は思う。

その他にも先輩はセンスのいいボールペンを、あるいは限定もののパスケースを私にくれる。この頃になると、私がいいなと言わなくても、先輩は物をくれるようになった。好きだな、と言うだけで私に好ましいものをくれてしまう姿勢は恐ろしい。私はうっかり何かを好きと言うことすら躊躇《ためら》われるようになった。愛情は全てをくれることではない、と私は思う。先輩の持っているものを好きだと悟られないよう、私は意識的な逆張りを繰り返す。

でも、私の禁はあっさり破られた。私は先輩が好きだった。それを悟られないようにするのが難しい程度に切実な好きだった。先輩のルールに例外は無く、先輩は私に先輩の全てをくれた。

今私は先輩の椅子に座り、先輩のように本を読んでいる。先輩になってから読む本は面白かった。先輩の世界から見る世界は新鮮だ。何より部室にやってきた後輩を見た時の愛《いと》しさといったら無かった。先輩はこんなに愛おしく私を見ていたのだな、と思う。

愛の話

人間そっくりのアンドロイドを作るのは禁止されているので、先輩が作った私には首が無い。首から下と搭載された人工知能さえ元の後輩であるのなら、先輩はそんなことを気にしないらしい。というわけで、私に似せて作られた私のアンドロイドは、胃の辺で思考している。言葉は首の断面から出る。私はあまりにオリジナルの後輩に沿って作られ過ぎて、そんな自分の現状にややショックを受けているのだけど。

先輩は首の無い私を通して、失った後輩の表情を見ている。首が無い私には表情というものが無いけれど、先輩は上手く補完できているらしく、不自然には思っていないようだ。たまに私の頭を幻視して撫《な》でようとして空振りする手が悲しい。

そんなある日、先輩が箱のようなものの中身を覗《のぞ》き込み、愛《いと》おしそうに笑っているのを見た。私はアンドロイドであるが後輩でもあるので、当然嫉妬《しっと》した。きっとあれは、アンドロイドに付けることの出来ない頭部に違いない。先輩は時々ああして後輩の頭部を愛《め》でているのだ。それを思うと悲しかった。先輩は私で満たされていたはずなのに。

次の日、私は行動に移す。先輩のいない隙を見計らって、例の箱を思い切り地面に叩《たた》きつけてやったのだ。中にあるだろう頭部も粉々になるくらいに。

けれど、箱の残骸から出てきたのは精巧なパーツでも人工皮膚でもなく、小さくて薄汚れたいかにも軽そうな骨ばかりだった。

融解

この暑さで先輩が溶けてしまったので、私は瓶に入れて先輩を持ち運ぶ。涼しいところに行けば先輩の身体は固まるので、それまでが私の役目だ。夏の暑い中、先輩を運ぶのは重労働だけど、このまま放置しておくわけにもいかない。それに、液体状になった先輩はそれなりにグロテスクで、誰も近寄ろうとしない。

自惚《うぬぼ》れていたのだと思う。誰の手も借りず自分一人だけが先輩の助けになれると思っていたのがいけなかった。だから、アスファルトの上に先輩を零《こぼ》してしまった時は慌てた。覆水盆に返らず、先輩はどろどろと広がっていく。どうにかして先輩を掬《すく》っては戻しをしたものの、先輩はかなり少なくなってしまった。先輩は適当にあるもので補塡《ほてん》してくれればいいと言ったけれど、そういうわけにもいかない。少ないまま再び固めた先輩は結構な勢いで痩せていて、抱きついた私はただ泣いている。

それからというもの、私は細心の注意を払って先輩を運ぶようになり、再び固形になった先輩を見ては安心で泣くようになった。何故か先輩が優しい笑みを浮かべているのが理解出来ない。先輩は私の所為《せい》で減ってしまったのに。

そんなことを繰り返している内に、先輩がほんの少しだけ増えているのに気づく。何も入れていないはずなのに、と思いながら今日も泣く。その時、私は確かに見た。私の涙の粒が先輩の肩にぽたりと落ちて、ゆっくりと吸い込まれていくのを。

先輩がサインの練習をしている。そういえば先輩の名前って意識したこと無いな、と思ってまじまじと見ていると、これはペンネームだと真面目に返された。何か書いているわけでもないのにペンネームだけあってどうするんだろうか。しかも、先輩のサインは崩し字が酷《ひど》くて何て書いてあるのか殆《ほとん》ど読めない。「ま」と「め」の判別がつかないのは厳しすぎやしないだろうか。いつか価値が出るかもしれないからという理由で、私は先輩のサイン色紙を一応貰《もら》ってクローゼットの中に仕舞っておく。

そんな先輩が失踪して数年が経った。それなりに仲が良いと自負していたのに、連絡先すら残されなかった。私に残されたのは先輩のサイン色紙だけである。それが本当に寂しい。けれど、実を言うと今や先輩のサインは実際に価値がある。

この先輩のサインは、とある美しい絵の隅に書かれていたものだ。あるいは、新種のワクチンの発見を報《しら》せる論文の末尾に付いていたものでもある。あとは凄惨《せいさん》な殺人現場に血文字で書かれていたこともあった。誰もがこのサインの謎に夢中で、そのサインの持ち主である先輩を探している。この間は神がかった楽譜にこのサインがあった。

けれど、先輩は見つからない。この大捜索は、どんな興信所に頼むより熱が入っているはずなのに。仕方ないので私は文学史を塗り替えるような傑作小説を書いて、末尾に先輩のサインを添えておく。正しい読み方は未だ分からないままだ。

リハーサル・グイザー

先輩と恋人になってみたいけれど、失敗すると後が怖い。というわけで私は知らない子の身体を乗っ取って告白をしてみる。これで振られてもノーダメージだ。まあ無理だろうな、と思いながら告白してみる。すると、驚いたことに先輩はそれを受け入れた。

この子とは殆《ほとん》ど喋《しゃべ》ったことがないはずなのに。先輩は誰でも良かったのかと落胆したものの、だったら本来の自分でも大丈夫なんじゃないか？　なんて屈折した思いを抱く。

でもまあ、失敗して嫌われても構わない他人の身体でも何回か先輩とデートをした。気負わないで恋人同士をやれるのはいいな、と思いながら満を持して先輩を振り、私は私の身体に戻ってから改めて告白する。先輩は複雑そうな顔をしていたけれど、結局オーケーしてくれた。

けれど、上手くいかなかった。元の身体に戻った私は緊張でまともに話せず、私達は喧嘩《けんか》を繰り返した。最終的に私は振られ、あろうことか先輩は私が身体を乗っ取っていた例の子のところに行った。最悪だ。でも、そちらも結局上手くいかなかったらしい。

先輩は今も好きだった誰かのことを追っている。つまり、先輩が好きなのは今の例の子でも今の私でもなく、気負わずに話しかけてくる私なのだ。

でも、私はもうそれを取り戻せない。誰かのガワを借りても、意識してしまって駄目だ。いい加減慣れてしまいたいのに、私はまだ先輩を見ると上手く話せない。

「勘違いじゃないといいんだが、」

先輩と私が孤島に建つ館での殺人事件に巻き込まれる。だから格安ツアーに参加するなんて嫌だったのだ。

こうなった以上、やることは一つだ。私は必死に謎を解き、自分なりに推理を組み立て容疑者を絞る。その横で先輩は、全く関係無さそうな人間を犯人に指名した。嘘《うそ》だろ、その人は私達とずっと一緒に居たのに。けれど、先輩が指名した犯人じゃないはずの人は本当に自白を始め、事件は丸く収まってしまう。冤罪《えんざい》だと叫びたくなったけれど、さっきまで無かったはずの証拠がずらずらと出てきては黙るしかない。これ以来、先輩は名探偵として有名になり、数々の事件を解決するようになった。

隣にいる私は知っている。先輩は推理をしているわけじゃない。先輩の推理に従って現実の方が改変されているのだ。先輩が犯人だと言えばその人が犯人になってしまう。間違いない。だって、私はこれを検証する為に先輩の目の前で人を殺したのだ。その時ですら、別の人が犯人として指摘された。

だから、私は先輩の言葉が恐ろしい。先輩は今、告白しようとしている私の言葉を、推理で先取りしようとしている。緊張に震える私が先に好きと言えなければ、今の私は上書きされてしまうかもしれない。どっちだって結末は同じだと言うだろうか？　でも、自白を始める彼らのことを思い出して、私はちょっと怖い。

運命のあなたへ

先輩が意外と恋愛に関する話を好むと知ったのは、ついこの間のことだ。最近気になっている人がいる、という私の話に異常なまでに食い付き、わざわざその人を遠巻きに見に行くレベル、と聞けばその程度のほどが分かるだろう。先輩は目を輝かせて、私の恋を応援してくれると言った。

その言葉を証明するかのように、先輩は私とその人を付き合わせようと色々なお膳立てをする。私も最初は先輩に応援されるがまま色々アプローチをしてみた。しかし、それらは特に実ることなく、私の想い人には別の恋人が出来てしまった。

ここですっぱり諦めても良かった。それを赦《ゆる》さなかったのは先輩だった。運命の恋と一目惚《ひとめぼ》れを信じる先輩は、私の想い人に恋人が出来ようと結婚しようと、私に諦めてはならないと説き、今日も作戦を練る。

先輩は人の気持ちが移りゆくことが理解出来ない。私がどれだけ言っても、愛情が薄れることはないと思っている。私はもうとっくにあの人より先輩が好きなのに、先輩はそれを単なる気の迷いだと切り捨ててしまう。

ところで、先輩の手帳にはずっと昔から私の写真が挟まっている。先輩は私のことがいつまでも変わらず好きなのだ。先輩の気持ちは私以外に向くことはない。先輩は愛の不変を信じているのではない。知っているのだ。

五分間だけ未来に行けることになり、私は遥《はる》か未来の先輩の家に行く。別にどうというわけではないけれど、未来の先輩の家に私の痕跡があったら、それは大変に吝《やぶさ》かではない。

未来の先輩の家は和風の広々とした一軒家で、歩いて見て回るのにも時間を食った。しかも、先輩どころか家の誰にも出くわさない。これだけ広い家に一人暮らしということもないだろうに。私は焦りながら何かしらのヒントを探し、そして見つけた。古式ゆかしい柱に刻まれた、古式ゆかしい身長比べの傷だ。傷は三本刻まれていて、一番上のが先輩のものらしかった。ずっと先輩を見上げていた私だから分かる。

二番目の傷はそれより少し低い位置にあり、三番目の傷はそれより更にずっと低い位置にあった。先輩と、誰かと、子供の身長比べだ。けれど、二番目の傷は私の身長より大分《だいぶ》高い。先輩の隣にいる誰かは、私よりずっと背が高い人間だ。ショックを受けた私が呆然《ぼうぜん》と傷を眺めている間に、未来渡航は終わってしまった。

あれから随分長い時間が過ぎた。私の目の前で、娘が柱に傷を付けている。それを真似して、孫が同じように傷を付けた。遺伝なのか、私の娘は私よりずっと背が高い。

少しすれば、きっと先輩がやって来てこれに対抗しようとするだろう。そして、学生時代から変わらず姿勢の良い先輩は、大人《おとな》げなく一番上に傷を増やすのだ。

総量

先輩と入れ違いになる。タイミングが悪いのか、先輩が部室を出た直後に、私は部室を訪れる。あるいは私が出た直後に先輩が来る。真面目に数えてみたら一週間も先輩に会っていない。置手紙やらメールやらで先輩とは連絡を取っているから、完全にコミュニケーションが断たれたわけではないのだけど、何だか寂しい。

そうも言っていられなくなるのは、この状態が一ヶ月も続いていたからだ。何としても会おうと張り込んだこともあったけれど、そういう時は決まって先輩の乗った列車がトンネルに閉じ込められたり、落雷で部室の扉が開かなくなったりするのだった。

これはもう何かの呪いだろうと割り切った私達は、外部要因に頼る。私達は同じ大会の決勝に残り、共同論文を執筆してさる高名な賞を獲得する。みんなは何としてでも私達を引き合わせようと万全を尽くすが、結局は失敗するのだった。まさか授賞式に向かう途中で地割れが起き、会場に到達することすら出来ないなんて。数キロ先の会場でそわそわしている先輩が中継されているのが、微笑ましくて悲しかった。

開発途中の宇宙ステーションで先輩と落ち合う計画もあった。でも、このまま行くとロケットは飛ばないだろう。何をしても先輩とは会えず、私達は十数年隔《へだ》たれたままだ。けれど、私と先輩は毎日メールをするし電話もする。多分、普通に会っていた時より長く話をしている。私は運命というものを考えるけれど、ちょっとご冗談がきつい。

私の知っている先輩はスポーツが上手くよく笑い、三行以上の文章を見ると投げ出すくらいに本が苦手で、その代わりに手先が器用だ。だから病院で見た先輩が分厚い海外小説を読んでいた時から嫌な予感はしていたのだった。

脳移植とかいうあまりにもきな臭いそれを奇跡の腕で実現させてしまった医者は、先輩が退院するなり逮捕された。当然だ。同時に事故に遭った二人の内一人を助けるにあたって、私の先輩の身体を使うなんてあってはならない。でも、先輩は私の知らない誰かの魂を持って、私の前に帰ってきてしまった。

戻ってきた先輩は手持ち無沙汰《ぶさた》なのか本ばかり読んでいる。それがなんだか気に食わなくて、私は目を逸らすばかりだ。先輩の顔で先輩の声をしている癖に、その一点で私は現実に引き戻されてしまう。私はこの先輩と居ると苦しくてたまらないのだけど、先輩はすまなそうな顔をして私の傍にいる。なんでも、先輩は私の傍にいるべきだと強く思うらしい。もしかしたらこの身体だからかもしれない、と説明されて私はまた泣く。

そんな先輩のところに週に一度の割合でやってくる客がいる。なんでもその人はかつての後輩らしく、先輩が事故に遭った後もこうして会っているらしい。後輩はいつも先輩に会う度《たび》に身を固くしているけれど、先輩が持っている本を見ると妙に泣きそうな顔をする。それを見て、先輩が二人いたらよかったのに、と身も蓋もないことを思う。

不在が一番場所を取る

先輩と一緒に写真を撮ろうとしたら、意外にも強く拒否されてしまった。珍しく本気でゴネる先輩が気になって、私の方も理由を尋ねる。すると先輩は「俺を撮るのは勧められないんだが」と前置きしてから、改めて一緒に写真を撮ってくれた。そして驚く。先輩の居るところはぽっかり空《あ》いた空間になっていた。先輩は写真に写らない体質らしい。私は取り残されたように一人で枠に収まっている。

けれど、それから私は先輩と積極的に写真を撮るようになる。最初はああして拒否したけれど、先輩は写真を撮ろうと言うと、寂しそうな、それでも少しだけ嬉《うれ》しそうな顔をするのだ。写真に写らないことで気味悪がられたこともあったのかもしれない。私は先輩の忠告を無視して、一緒に写真を撮る。紅葉の綺麗《きれい》な山で、波立つ海で、私は隣に誰もいない写真を撮る。あるいは風景だけしか写らない先輩のポートレートを撮る。

私は先輩と離れてからようやく、あの言葉の本当の意味を知る。俺を撮るのは勧められない、と先輩は言った。その通りだ。私は何気ない風景を撮る度《たび》に、そこにいない先輩を見るようになった。どんなにささやかで美しい風景だって、私はもう撮れない。疎遠になってしまった先輩の影を、私は不在の写真に見る。私だけが写った写真はもっと酷《ひど》い。私はそこに、私に寄り添う先輩を見る。私はあの日、一枚だって先輩の写真を撮るべきじゃなかったのだ。あの一枚を撮った日から、先輩は私の世界に遍在している。

先輩が死んでしまっても、私は元気に生きている。とは言いがたい。何とか生活しきことはしているけれど、ふとした時に先輩のことを考えては涙を浮かべる状態なんて、吹っ切れているとは言えないだろう。先輩の影を追って、先輩が読みかけだった本を開いて読んでみたりもした。なのに、思い出ばかりが邪魔をして、上手く読書に集中出来ない。結局最初の数ページのところに栞《しおり》を挟んで、それっきりにしておいた。

奇妙なことが起こったのはそれからだ。後日再びその本を開いてみると、栞が本の半《なか》ばに挟まっていたのだ。不思議に思ってそのままにしておくと、今度開いた時には栞がもっと後のページに挟まっていた。それを見て確信する。先輩だ。先輩の霊が、この本を読んでいる。それからというもの、私は先輩の好きそうな本を買い漁《あさ》り、同じように栞を挟んで置いておいた。すると、次見た時には栞が動いていたのだ。先輩には死してなお確固たる好みがあるらしく、好きな本の進みは早く、好みではない本は途中で放置されることもあった。私は先輩の為に沢山の本を買った。

今ではどんな本を置いても栞が動くことは無い。満足した先輩が成仏したのか、あるいは食指が動く本が無くなってしまったのかは分からない。私は後者だと思っている。

私は今日、編集者としての一歩を踏み出す。先輩の好きそうな本を一から作るのだ。成仏なんてさせない。私は、栞がまた動く日を待っている。

輪郭

先輩の姿が透明になってしまって不便なので、私が付きっ切りでフォローをする。自分の姿が透明だと色々な距離感が摑《つか》めなくなってしまうのか、先輩はよくあちこちにぶつかって物を倒してしまうのだ。そんな先輩の為に私は先んじて障害物を除いてあげたりする。先輩は硬い声でお礼を言うけれど、きっと申し訳ないとか思っているんだろう。らしくない。

先輩の声が聞こえなくなってからはもっと大変だった。先輩をどう先導したらいいか分からないからだ。幸い、先輩は相変わらずあちこちにぶつかっていたから、それで大体の位置を把握出来たのだけど。私は今度は障害物をわざと避けることなく先輩にぶつける。しかし、周りの人は姿が見えず声が聞こえないというだけで先輩を存在しない人として扱った。私は先輩を感じ取れない鈍感な奴らどもに怒る。その所為《せい》で私の方も少しばかり不安になってきていた。これでは私も実在を信じられなくなってしまう。

私を襲おうとした人間が目の前で何かに喰《く》い千切《ちぎ》られていく。噴水のように噴き出す血がすぐさま虚空に消えていくのは、見えない捕食者が余すことなく啜《すす》っているからだろう。私が呆気《あっけ》に取られている内に、残された下半身に鋭い爪痕が出現した。

明らかに人間業《わざ》ではない。透明な何かは鋭い爪を持った獣だ。けれど、こうもタイミングよく私を助けてくれるのは先輩しかいなくて、私は結局それを抱きしめる。

私と先輩の寿命が見えるという全く嬉《うれ》しくない機能が付いた。こんなにプライベートに突っ込んでくる機能があっていいのだろうか、と憤《いきどお》ったものの、重要なのはそこじゃない。なんとこうして表示された私達の寿命は完全に一致していたのだ！　これが示すことはただ一つ、数年後の大災害である。先輩と私の進路は違うだろうし、私達は卒業したら疎遠になるのもやむなしの二人だ。そんな二人が同時に死ぬ、これはもう大災害の予知に違いない。他の人の寿命が見られたら、きっと多くの人が同じ日を示すだろう。大変なことを知ってしまった私達がどうしたかというと、何もしなかった。最初の方こそ大災害がどうとか、恐怖の大王がどうとか言っていたけれど、それを信じてくれる人はいないし、証拠もない。強《し》いて言うなら、私達はこの恐怖をやり過ごす為に一緒に居た。暇を見つけては会い、一緒に暮らした。

寿命が近くなったある日、私は突然病に倒れる。予言があるから死ぬことは無いと思っていたのに、どうやら私は長患《ながわずら》いしたこの病気で死ぬらしい。

先輩には私の分までちゃんと生きてくださいとお願いしたし、先輩は真面目な顔をして頷《うなず》いたけれど、私にはそれが嘘《うそ》だと分かってしまう。先輩の寿命は明日なのだ。時間が表記されていないけど、明日だ。私も多分明日に死ぬ。後追いは流行《はや》りませんよ、と私は言うけれど、先輩の寿命は揺らがない。

一緒に走ろうと言った子供みたいに

　一日に数分だけ時間を止められるようになったけれど、数分だけ時間が止められたところで普通に講義に遅れたりするので、あまり使い所が無い。なので、私はこの時間を先輩の観察に使う。先輩が本を読んでいる時に時間を止めて、先輩の真剣な顔をまじまじと眺めたり、先輩の本のページを少しだけ先に進めたりするのは楽しい。時間停止から覚めた先輩は、少しの間騙《だま》されてそのまま小説を読む。そして、ちょっとしてから私の悪戯《いたずら》に気づき、ページを戻すのだ。迷惑極まりないだろうけれど、私は楽しい。

　そうして先輩を相手に能力の練習をしていたからか、止められる時間の長さが延びる。これのお陰で私は先輩の読んでいる小説を先に読んでニヤニヤすることが出来るようになった。でも、こんなのは他愛の無い悪戯でしかない。

　私は今、この能力の正しい使い方を知っている。先輩は致死の病に侵されていて余命は幾許《いくばく》も無い。けれど、時間が止まっているから先輩の病気の進行も止まる。時間を止めて何十年が経ったかもう覚えていない。私は時間が止まった世界で順調に歳を取っている。先輩は変わらないが私は変わる。生きている人間だから老いるし、着実に体調は悪くなっている。一人で死ぬのは恐ろしい、と死を目の前にして思う。だが自殺はしたくない。心中も持ちかけたくない。だから、私は私なりに先輩と並んで歩くつもりだ。先輩は私のことが分からないかもしれないけれど、私は先輩を忘れない。

私は結構束縛しがちだし、嫉妬《しっと》深いのだということに今更ながら気がついた。先輩と付き合ってからはそれが顕著で、私は一から百まで先輩の生活を掌握《しょうあく》しようとしてしまう。先輩はそれに嫌な顔一つせず付き合ってくれるけれど、はっきり言って私は異常だ。先輩の生活に支障をきたしている。こんなのはおかしい。しかし私は、生活している内にその絡繰《からくり》に気づく。先輩にはドッペルゲンガーなのか身代わりなのか、それに近いものが居て、先輩の生活面を肩代わりしているのだ。先輩はそちらの先輩に勉強も日常も任せて、私につきっきりでいてくれる。だけど、それを知った瞬間私は耐えられなくなった。私とずっと一緒に居てくれる先輩は、先輩の一部でしかないのだ。

私は四六時中一緒に居てくれる方の先輩を虐待し始める。どれだけ酷《ひど》いことをしても私のことを好きでいてくれる先輩の存在を見ても苛々《いらいら》が募った。私は先輩を監禁して傷つけるけれど、表に出ている先輩は変わらない日常を送っている。自分の片割れがあんな目に遭っているのに意に介さない先輩が尚更《なおさら》憎かった。先輩がくれたのは、切り捨ててもいいような部分だったのだ。

そんなある日、先輩を解放し、外に居た方の先輩を捕まえる。こうなったら両方傷つけてやろうと思ったのだ。不可解なのは、解放された方の先輩が傷ついたような顔をしたことと、私に捕まった方の先輩が薄く微笑んでいることだ。私には先輩が分からない。

一緒にいなくて善い話

先輩と居ることに免許が必要になり、私はそれの取得に腐心するようになる。全く酷《ひど》い仕組みだと思うけれど、人間が二人以上居ると争いが起こりがちなので仕方ないのだ。誰かと一緒に居るというのは危ない。

ところで、意外なことに私は試験をすんなりこなすことが出来た。免許をつつがなく取り終わり、私は先輩と再会する。ピカピカのコミュニケーション免許は、写りの悪い顔写真以外は十全だった。それに、一緒に居る為に何かしらの労力を払うというのは悪くない。先輩だって私の為に免許を取ってくれたのだ。それはかなり吝《やぶさ》かではない。

けれど、免許それ自体が良好なコミュニケーションを保証してくれるわけじゃないのだった。運転免許を持っていたところで、世界の至るところでは事故が起きている。私達は免許を持っているはずなのにすれ違い、喧嘩《けんか》をし、取り返しのつかない亀裂を生んでいく。

そんな時、免許の更新時期が巡ってきた。免許は免許である以上、更新がある。更新しなければ、継続は出来ない。けれど私は更新に落ち、免許を剝奪されてしまった。

免許を失った私は先輩に別れを告げる。そして、免許の本当の意味を知った。私はあの時、試験を白紙で出した。これ以上誰かを嫌いにならない為に、人間には理由が必要なのだ。それにしても、ちゃんと免許を更新してきた先輩が悲しくて愛《いと》しい。

同じことを三回すると爆発する世界になってしまい、私はあまりのサドンデス具合に泣く。同じように泣いていた子達が次々に爆発するのを見て、私は強引に泣き止んだ。あと二回だ。ともあれ、呼吸したって爆発しないということは、色々な裁量があるのだろう。人間たちはこの異常事態に適応すべく動き出し、毎日違う職場に行ったり違う学校に通ったりする、酷《ひど》く流動的な仕組みが作られる。

私も北へ南へ移動しながら、毎日違うことをして暮らしている。数年前、先輩とすれ違ったりもしたけれど、今は何をしているのか分からない。最後にまともに会ったのは、部室でだった。あの日私は、サドンデスワールドに泣き喚《わめ》いて泣きながら眠ったのだけれど、起きた時には先輩はいなかった。

連続というものが失われた世界で、先輩が灯火《ともしび》になってしまったのは仕方がないと思う。流転先で再び巡り合った時、キスまでしてしまったのはその所為《せい》だ。私達はそのまま別れ、次の場所に向かう。

再び巡り合ったのは、それから更に数年後だった。私はゆっくりと手に触れる。こうして触れ合うのはまだ二回目だ。まだ大丈夫なはずだ。

けれど、キスをした瞬間、私達の身体は勢いよく爆散する。全身が千切《ちぎ》れ飛ぶ感覚を覚えながら、私は部室でのあれは夢じゃなかったのか、と思う。

昴

先輩が空中ブランコをする。ふわりと重力から解放されて空を飛ぶ先輩は美しい。先輩には空中ブランコの才能があったのだ。先輩も先輩で、求められただけ難しい技に挑戦する。空中ブランコから放たれた先輩の身体は火の輪をくぐり、プールに美しく飛び込む。一歩間違えれば地面に叩《たた》きつけられていたかもしれない。心底危ない演技だ。それでも先輩はやめない。

銃弾の雨を掻《か》い潜《くぐ》るようにして宙に飛ぶ先輩を見た記者が、私のところにインタビューに来る。あれだけ命知らずな演技をしていると、感動的なコメントを取るべく知り合いに総当たりするらしい。そうはいったものの、私は先輩がどうしてそんなことを始めたのか分からないし、正直そんな危ないことをするなんて馬鹿だと思う。みんな落下を期待しているのに。先輩は馬鹿だ。先輩は本当に馬鹿だ。

そうこうしている内に、先輩はレーザービームと振り子刃の間をすり抜ける離れ業《わざ》をやってのけて、世界で一番運の良い人間の称号を得る。

そうして手術当日、先輩は私の病室にやって来た。先輩は私の手を握り、先輩が念を込めたというブランコの持ち手を渡される。界隈《かいわい》で、運が良くなると噂《うわさ》のアイテムだ。「絶対に成功する」と、世界一運がいいらしい先輩が言う。確かに、どんな願掛けよりも効《き》きそうな気がする。

訳も分からず涙が出ると思ったら、どうやら先輩の涙を押し付けられているらしい。我慢が美徳だと思っているからか、先輩は滅多に泣かない。その分私がボロボロ涙を流しているので本当に辛《つら》い。何が悲しくて牛丼を食べながら涙を流さなくちゃいけないのだ。限界まで飢えさせられた人かよ。

私の利点と言えば、先輩が泣くタイミングが分かるということだけだ。全然平気だと言っていた癖に、先輩は動物映画で泣く。甲子園を見て泣く。嘘《うそ》だろ、と思ったのは、道端で胴上げをしているサラリーマンの集団を見て泣いたことだった。感情移入どうなってんだ。涙を流す私を素知らぬ顔で慰める先輩が悔しい。これは先輩の涙なんだぞ。でも、一緒に居る場面だと、この奇妙な押し付けが目立たなくて悔しい。

牛丼に泣かされたり漫才に泣かされたりしている私に、メリットなんて殆《ほとん》ど無かった。初めてこれに感謝したのは、結婚式の日だった。

先輩は私のことを単なる後輩だと思っているはずだった。先輩は私とあの人との結婚を喜び、引き出物の相談に乗ってくれた。スピーチも引き受けてくれた。先輩は私を笑顔で送り出してくれるはずだった。

けれど、ケーキ入刀をする私はボロボロ泣いていて、嗚咽《おえつ》で声も上げられない。先輩は真顔だ。でも今日は結婚式で、私達は一緒に居るから、涙の出所があやふやになる。

スイマーズハイ

先輩は泳げないらしい。あまりに水と相性が悪く、昔からプールの授業はずっと休んでいたそうだ。先輩は海にも行かないしプールにも行かない。たまに海や水面を先輩がじっと静かな憧れの目で見ているのを目にする度《たび》に、不憫《ふびん》だなと思う。

カナヅチの先輩の海嫌いは筋金入りで、船にすら乗ろうとしない。不便なことだ。先輩の移動は基本的に陸路で、よっぽどのことがない限り飛行機すら嫌がった。もし飛行機が墜落したら海に放り出されるからだそうだ。私としてはそんなことを心配するよりも、泳げるように練習する方が楽だと思うのだけど。

そんなある日、よっぽどのことがあり私と先輩は飛行機に乗る。運命というのは悪趣味で、私と先輩が乗ったそれは墜落した。落ちる瞬間、先輩にしっかり抱きすくめられながら、私は落ちたら溺《おぼ》れるも何もないよなと冷静に考える。その時、奇跡が起こった。

海面に叩《たた》きつけられるはずだった私達はそのままゆっくりと海底へ落下していく。先輩の身体の周りを水が避けていくのだ。先輩は泳げないらしい。

それ以来、私達は海の中を花弁の速度で落ちていく。水が避けるのは先輩の周りだけなので、海面から私達の姿は見えないだろう。このまま何百キロの底、光も届かない場所に私達は行く。良いことがあるとすれば、海の中を見つめる先輩の目が、変わらずキラキラとしていることだろう。泳げないけど好きなのだ。その光が、まだここにある。

部室に落ちていた左腕を、一旦ゴミ箱に放り込んでから拾い上げる。仕方ない。私だってびっくりしたのだ。断面が滑らかなそれは、偽物のように見えるけれど、ちゃんと血が通っている。長年一緒に過ごしていたからか、私はそれを先輩の腕だと確信する。どういうわけだか先輩の腕はぽろりと取れてここに残ってしまったらしい。本体はどうなっているのだろう。

私は悩んだ末に、先輩の左腕を持って家に帰る。部室に置いておくのもあれだし、一日くらいいいだろう。私は先輩の腕と眠る。

翌朝になってようやく連絡をしたものの、電話は繋《つな》がらなかった。それもそのはず、先輩はこの時事故に遭っていたのだ。

先輩が埋葬される段になっても、私はそれを返さない。きっとこれは先輩が私に残してくれたものだろう。そう思わないと悲しい。

そんな折に、私は先輩の事故について聞く。先輩は信号待ちをしている時に誰かに押され、そのまま轢《ひ》かれたのだという。背中には誰かの指紋がべったりついていた。奇妙なことに、先輩はそのまま起き上がれず、車を避けられなかったのだそうだ。

どうして先輩は起き上がれなかったのだろう。疑問に思う私は、部室に右腕が落ちているのを見つける。それは愛《いと》おしいものを触るような手つきで、私にそっと触れてくる。

二人旅

先輩と私の足の小指が赤い糸で繫《つな》がれる。手だったらまだ恰好《かっこう》がつくけれど、足なのでなんだか運命とも言いづらい。その糸が象徴するように、私と先輩の関係は大した運命でもなく、ただの先輩と後輩だった。先輩と私の足元にぴんと伸びた糸は、なんらかの境界線のようだ。私は先輩に深入りしないし、先輩も私に深入りしない。

赤い糸に対する解明も進まないまま、先輩は卒業して私は粛々《しゆくしゆく》と大学に通う。なんと先輩と私の二人きりの部室に新しい後輩がやってきたりなんかもする。ずっと後輩であった私も先輩になる。それでも、私と先輩の足元の赤い糸は存在し続けていたし、新しい後輩と私の足元に糸は生まれなかった。

こうして先輩と疎遠になってから糸についての新しい法則を見出す。私か先輩が横たわっていると、糸が張らずにたわむのだ。ベッドに入った時にようやくそれに気づいて、先輩も意外と夜更《よふ》かしなんだなとか早寝なんだなと思うようになった。生きている。

そんなある日、先輩に向かう糸がたわみっぱなしなことに気がついて、私は不安な気持ちになる。先輩はずっと横になっている。時折糸が張るから生きてはいるのだろうけれど、先輩は寝てばかりだ。私はたまらなくなって、先輩に繫がる糸を引く。

すると、少し間を置いてから糸が張り始めた。そして、先輩が元の日常に戻る。この糸は先輩が立って歩いていることしか報《しら》せてくれないけれど、それで充分な気もする。

先輩と私の生きている時間は違うのだ、ということに気づいてしまった。何故なら、すっかり大人になった私に対して、先輩はいつまでも大学生のままだからだ。

聞けば先輩に流れる時間は途方もなく遅く、先輩は大学生になるまでにとんでもない時間をかけたのだという。ということは、どう足掻《あが》いても私は先輩より先に死ぬだろうし、そもそも長い時間を生きる先輩が私のことを生涯忘れないでいることすら難しいのではないだろうか。そのことを知った私は取り乱し、思わず先輩の手を思い切りぶってしまう。叩《たた》いた私の方にも痣《あざ》が出来るくらいの力だ。

私の方はそれから一週間くらいで綺麗《きれい》に治るが、先輩の痣は全く消えない。先輩がやけに怪我を避けようとしている理由がこれで分かった。先輩に流れる時間は途方もなく遅く、先輩の傷は治るのにとても時間がかかる。

それから私は、誕生日を迎える度《たび》に、先輩に一つ傷をつけさせてもらう。最初につけた切り傷が二十年後もまだ消えない。だから、今の先輩は目を背《そむ》けたくなるくらい傷だらけだ。先輩はこんなことを許すべきではなかった。

先輩の手の痣もまだ残っている。可哀想なことに、触るとまだ痛いらしい。それなのに私がこれを続けているのは、私が死んだ後の先輩が誰かを抱きしめる時、ちょっと痛みを感じて欲しいからだ。まだ生きている私が感じる痛みを、分けてやりたいからだ。

「ところで、どっかでお会いしたことありますか？」

先輩と私は今流行《はや》りの動画配信者になることにした。先輩と私の動画をだらだらと撮り、適当に編集してインターネットに放流する。特に沢山再生されるわけじゃないけれど先輩との生活が記録されること自体が嬉《うれ》しかった。不確かな人間の記憶の中で、変わらないものがあるというのは嬉しい。

とか言って安心していた自分は馬鹿で、私達の動画はサイトのサービス終了によりあっさりと失われる。儚《はかな》いものだ。アップロードされたものだからといって、私達は二人ともその動画のデータを持っていなかった。

儚いものだった。私と先輩は卒業してから疎遠になったから、自分達がどんな風に過ごしていたかを忘れてしまった。あの動画達が私の記憶の代わりになってくれると慢心していたのがいけなかった。

とうとう先輩の顔や声すら忘れかけた私は、最終手段に出る。私はあの頃使っていたノートパソコンをリサイクルショップに売っていた。もしかしたらあのパソコンには消し忘れたデータが残っているかもしれない。私は手を尽くし、件《くだん》のパソコンを探す。雲をつかむような作業だ。ノイローゼになりそうな日々だけど、私は思い出したい。

そうして巡った数百件目のリサイクルショップで、私は店員さんに諦めた方がいいなんて知ったようなことを言われる。うるさい。そんなことを言われる筋合いはない。

先輩が喋《しゃべ》らなくなって今日で十年になる。まさかこんなに長引くとは思っていなかった。先輩から言葉を奪った神様は随分執念深いらしい。喋れなくなっただけでなく、先輩は意味のある言葉を書くことも出来なくなってしまったので、意思疎通が難しい。しかし、先輩は諦めなかった。先輩は何かを伝えようとする時に、ピアノで表現するようになったのだった。

というわけで、私の一日は軽やかな旋律から始まる。先輩は朝に強いので、寝起きからかなりポジティブな曲調をぶつけてくるのだ。そこから、先輩は一日の様々な場面を音符の連《つら》なりで表現していく。流石《さすが》に言葉の代わりに使っているだけのことはあって、先輩の奏でる音は複雑化し先鋭化し、いろんな人に好ましく聴かれるようになった。

先輩の音楽は人気になり、色んな人が先輩の音を解釈した。先輩が脂っこいものを食べたい時の音は、悲しみを表す音楽と解釈されたし、先輩が急な鯖落《さばお》ちに怒っている時の音は世界平和を願う音楽ということになった。私は現代文の作者の気持ちを答えさせる問題を茶番だと思っている。

しかし、たまに大衆と解釈が一致することがあって、先輩に好きだと言った時に返される旋律がそれだ。みんなはこれを、執着と悲しみの音と呼ぶ。私もそう思う。先輩はまだ、私の前の後輩を忘れていない。けれど、先輩はこれを愛の歌だと偽っている。

参り日巡り

気がつけば私は荒野に放り出されていた。見渡す限り存在するのは岩と焼けた地表だけだ。私はよろよろと足を踏み出すけれど、行く当ても無い。これは単なる直感だけれど、この世界に私が行くべきところなんかない。私に残されたのはこの荒れた大地だけなのだ。

行く当てが無くても私は歩く。それ以外にやることがないからだ。そうしてしばらく歩いていると、荒野に似つかわしくない花束がぽんと落ちているのが見えた。私は飛びつくようにしてそれを拾う。瑞々《みずみず》しいその花は甘い匂いがした。

花束を大切に抱えて私はなおも歩く。花は長くはもたずその内に枯れてしまったけれど、歩いているとまた同じような花束を見つけた。どうやら花束は定期的に荒野に落ちてくるらしい。それを抱きしめて私はなおも歩く。派手ではないけれど綺麗《きれい》に纏《まと》められた花束は、なんだかすごく懐かしかった。

そんなある日、花束の横に指輪が置かれているのが見えた。指輪は随分古いものだったが、綺麗に磨かれていた。自分の指には余るぶかぶかの指輪を嵌《は》めてみて、私はこの指輪の持ち主である先輩のことを思い出す。先輩は定期的に花束を供えに来てくれた。

律儀なものだ。私がいなくなってから随分経ったのに。そんな先輩が指輪を置いて行ったのは、きっと踏ん切りの為だろう。お幸せに、と言う私は、指輪をまだ嵌めている。

構造

（1）ここでは何かが起こります。世界は可能性に満ちているので、恐ろしいことやびっくりすること、悲しかったり嬉《うれ》しかったりすることが起こるかもしれません。大事なことは先輩と私が居ることです。この世界には私と先輩が居ます。
（2）前述のことに対して、連鎖的に何かが起こります。先輩は大変な目に遭っているかもしれません。私は凄惨《せいさん》な目に遭っているかもしれません。それに対する解決策はあるかもしれませんが、ないかもしれません。繋《つな》がる物事は大体が爆発を引き起こします。大切なことは先輩と私が居ることです。どんな時であろうと、先輩と私は先輩と後輩です。
（3）物語は結末を迎えます。不純文学は掌編《しょうへん》小説なので、往々にして収まりの良いオチが付いていることでしょう。それによって私は幸せになるかもしれませんがそうではないかもしれません。
　重要なことは先輩と私が居ることです。どんな結末であろうと、私が先輩の後輩であることは変わりません。それさえあれば、私はどんな目に遭っても世界と繋がっています。

不純文学

さよならに
取られた
傷だらけ

あとがき

様々な意味で特別な一冊である。

この本がこうした形で出たことは、まるで奇跡のようだと思う。以前宝島社文庫から出た『不純文学』よりも収録本数を増やし、文章も一部改稿してある。宝島社版を所持されている方は、そちらと比べてみるのもいいかもしれない。宝島社版が出た後に書いた作品がこちらには収録されていたり、あるいは宝島社版に収録されているがこちらには収録されていない作品もあるからだ。また、タイトルは収録作の一つである「さよならに取られた傷だらけ」という作品から選んで付けている。

そもそも「不純文学」というのは、私がTwitter（現X）で「#不純文学」というタグをつけて投稿していた掌編《しょうへん》のことである。「文庫ページメーカー」というサービスを使って画像を作成し、それ一枚で完結するように仕上げる、極めてSNS向きの試みだった。

不純文学を始めた当時、私はデビューしたての小説家で、まだ殆《ほとん》ど世間に知られておらず、先行きが暗く、デビュー版元の担当氏とも折り合いがつかず、おまけに大学生で留年していた。だが、大学生で殆ど世間に知られていなかったが故《ゆえ》の自信のようなものもあった。自分に僅《わず》かながら存在する才能を見つけてもらえさえすれば、小説家としてやっていけるだろうと信じ込もうとしていた。

当時の私は速筆を売りとしており、大学の友人達にはそれだけを誇っていた。そんな時、友人の一人が「一日一本小説を書くのを百日続けられたら一食を奢《おご》る」と提案してきた。ある種、私の速筆試しのようなものだった。

私は意気揚々とそれを受け、その日の夜から本当に執筆を始めた。それが最初の不純文学だ。

あっという間に百夜が過ぎて、私は確かびっくりドンキーを奢ってもらったはずだ。この最初の百作品で、驚くほどフォロワーが増えた。自分のことを知ってもらうのに、こんなに適した方法はないと思った。仕事がもらえなくなったら名前を変えてまた何かの新人賞に送りまくろうと考えていたが、その前にやれることだけはやろうと思った。

溜《た》まった不純文学をまとめて、持ち込みを受け付けているフリーランスの編集者に送りまくった。そのうち何人かの編集者から返事が来て、宝島社から刊行されることになった。間違いなく、世に知られていなかった私を小説家でいさせてくれた一冊だ。あの時引き受けてくださった編集者の方には感謝してもしきれない。

今私は、なんとか依頼を頂き、小説家としてやっていけるようになっている。それが出来るようになったのは、間違いなく不純文学、あの百夜のおかげだろう。

あの時もこれからも、ずっと特別な百夜である。

最後になりますが、この本の増補改訂版のお話をくださった担当編集の石川さん、装画を担当してくださった052さん、デザインを担当してくださったwelle designの坂野公一さんと吉田友美さん、推薦文をお引き受けくださった栞葉《しおりは》るりさん、そしてお手に取ってくださった読者の皆さんに格別の感謝を申し上げます。これからも精進して参ります。

斜線堂有紀

本書は、二〇一八年五月から二〇二〇年五月にかけ、著者Twitter（現X）上で「#不純文学」を付して発表された作品のうち二五〇話を選定し、改題、加筆修正のうえ書籍化したものです。

さよならに取《と》られた傷《きず》だらけ
不純文学《ふじゅんぶんがく》

二〇二四年一一月二〇日　初版発行
二〇二四年一一月三〇日　2刷発行

著　者　斜線堂有紀《しゃせんどうゆうき》
発行者　小野寺優
発行所　株式会社河出書房新社
〒一六二－八五四四
東京都新宿区東五軒町二－一三
電話〇三－三四〇四－八六一一（編集）
〇三－三四〇四－一二〇一（営業）
https://www.kawade.co.jp/

ロゴ・表紙デザイン　粟津潔
本文フォーマット　佐々木暁
印刷・製本　中央精版印刷株式会社

落丁本・乱丁本はおとりかえいたします。

本書のコピー、スキャン、デジタル化等の無断複製は著作権法上での例外を除き禁じられています。本書を代行業者等の第三者に依頼してスキャンやデジタル化することは、いかなる場合も著作権法違反となります。

Printed in Japan　ISBN978-4-309-42145-2

百合小説コレクション　wiz
深緑野分／斜線堂有紀／宮木あや子 他　41943-5

実力派作家の書き下ろしと「百合文芸小説コンテスト」発の新鋭が競演する、珠玉のアンソロジー。百合小説の〈今〉がここにある。

NOVA　2023年夏号
大森望〔責任編集〕　41958-9

完全新作、日本SFアンソロジー。揚羽はな、芦沢央、池澤春菜、斧田小夜、勝山海百合、最果タヒ、斜線堂有紀、新川帆立、菅浩江、高山羽根子、溝渕久美子、吉羽善、藍銅ツバメの全13編。

NOVA　2021年夏号
大森望〔責任編集〕　41799-8

日本SFの最前線、完全新作アンソロジー最新号。新井素子、池澤春菜、柞刈湯葉、乾緑郎、斧田小夜、坂永雄一、高丘哲次、高山羽根子、酉島伝法、野崎まど、全10人の読み切り短編を収録。

NOVA 2019年春号
大森望〔責任編集〕　41651-9

日本ＳＦ大賞特別賞受賞のＳＦアンソロジー・シリーズ、復活。全十作オール読み切り。飛浩隆、新井素子、宮部みゆき、小林泰三、佐藤究、小川哲、赤野工作、柞刈湯葉、片瀬二郎、高島雄哉。

返らぬ日
吉屋信子　41973-2

「あなたを愛して愛して愛しぬいてゆきたいの」放課後の女子寮でのひと時を待ち望む女学生たちの運命を描いた表題作など７編を収録。同性を愛す喜びに満ちた美しい短編集、初の文庫化。解説＝斜線堂有紀

紅雀
吉屋信子　41993-0

勝気な美少女・まゆみと幼い弟は、突然両親を亡くし、たまたま居合わせた男爵家の家庭教師に引き取られるが——。悲運に負けず、自らの手で人生を切り開くまゆみの姿に、日本中の乙女たちが熱狂した傑作！

花物語　上

吉屋信子　40960-3

少女の日の美しい友との想い出、両親を亡くした姉弟を襲った悲劇……花のように可憐な少女たちを繊細に綴った数々の感傷的な物語。世代を超えて乙女に支持され、「女学生のバイブル」と呼ばれた不朽の名作

花物語　下

吉屋信子　40961-0

美しく志高い生徒と心通わせる女教師、実の妹に自らのすべてを捧げた姉。……けなげに美しく咲く少女たちの儚い物語。「女学生のバイブル」と呼ばれ大ベストセラーになった珠玉の短篇集。

わすれなぐさ

吉屋信子　41983-1

美しく我儘なクラスの女王様・陽子と、彼女が想いを寄せる無口で風変わりな牧子、そして真面目で兄弟思いの硬派な一枝。女学校で繰り広げられる少女たちの三角関係の行方は——。解説＝宮田愛萌、内田静枝

白い薔薇の淵まで

中山可穂　41844-5

雨の降る深夜の書店で、平凡なOLは新人女性作家と出会い、恋に落ちた。甘美で破滅的な恋と性愛の深淵を美しい文体で綴った究極の恋愛小説。第十四回山本周五郎賞受賞作。河出文庫版あとがきも特別収録。

あるいは酒でいっぱいの海

筒井康隆　41831-5

奇想天外なアイデア、ドタバタ、黒い笑い、ロマンチック、そしてアッというオチ。数ページの中に物語の魅力がぎっしり！　初期筒井康隆による幻のショートショート集、復刊。解説：日下三蔵

人類よさらば

筒井康隆　41863-6

人類復活をかけて金星に飛ぶ博士、社長秘書との忍法対決、信州信濃の怪異譚……往年のドタバタが炸裂！　単行本未収録作も収めた、日下三蔵編でおくる筒井康隆ショートショート・短編集。

たんぽぽ娘

ロバート・F・ヤング　伊藤典夫〔編〕　46405-3

未来から来たという女のたんぽぽ色の髪が風に舞う。「おとといは兎を見たわ、きのうは鹿、今日はあなた」……甘く美しい永遠の名作「たんぽぽ娘」を伊藤典夫の名訳で収録するヤング傑作選。全十三篇収録。

ハローサマー、グッドバイ

マイクル・コーニイ　山岸真〔訳〕　46308-7

戦争の影が次第に深まるなか、港町の少女ブラウンアイズと再会を果たす。ぼくはこの少女を一生忘れない。惑星をゆるがす時が来ようとも……少年のひと夏を描いた、ＳＦ恋愛小説の最高峰。待望の完全新訳版。

パラークシの記憶

マイクル・コーニイ　山岸真〔訳〕　46390-2

冬の再訪も近い不穏な時代、ハーディとチャームのふたりは出会う。そして、あり得ない殺人事件が発生する……。名作『ハローサマー、グッドバイ』の待望の続編。いますべての真相が語られる。

シャッフル航法

円城塔　41635-9

ハートの国で、わたしとあなたが、ボコボコガンガン、支離滅裂に。世界の果ての青春、宇宙一の料理に秘められた過去、主人公連続殺人事件……甘美で繊細、壮大でボンクラ、極上の作品集。

ここから先は何もない

山田正紀　41847-6

小惑星探査機が採取してきたサンプルに含まれていた、人骨化石。その秘密の裏には、人類史上類を見ない、密室トリックがあった……！　巨匠・山田正紀がおくる長編ＳＦ。

ぴぷる

原田まりる　41774-5

2036年、ＡＩと結婚できる法律が施行。性交渉機能を持つ美少女ＡＩ、憧れの女性、気になるコミュ障女子のはざまで「なぜ人を好きになるのか」という命題に挑む哲学的ＳＦコメディ！

かめくん

北野勇作 41167-5

かめくんは、自分がほんもののカメではないことを知っている。カメに似せて作られたレプリカメ。リンゴが好き。図書館が好き。仕事も見つけた。木星では戦争があるらしい……。第22回日本ＳＦ大賞受賞作。

カメリ

北野勇作 41458-4

世界からヒトが消えた世界のカフェで、カメリは推論する。幸せってなんだろう？　カフェを訪れる客、ヒトデナシたちに喜んでほしいから、今日もカメリは奇跡を起こす。心温まるすこし不思議な連作短編。

ポリフォニック・イリュージョン

飛浩隆 41846-9

日本SF大賞史上初となる二度の大賞受賞に輝いた、現代日本SF最高峰作家のデビュー作をはじめ、貴重な初期短編６作。文庫オリジナルのボーナストラックとして超短編を収録。

SFにさよならをいう方法

飛浩隆 41856-8

名作SF論から作家論、書評、エッセイ、自作を語る、対談、インタビュー、帯推薦文まで、日本SF大賞二冠作家・飛浩隆の貴重な非小説作品を網羅。単行本未収録作品も多数収録。

自生の夢

飛浩隆 41725-7

73人を言葉だけで死に追いやった稀代の殺人者が、怪物〈忌字禍〉を滅ぼすために、いま召還される。10年代の日本ＳＦを代表する作品集。第38回日本ＳＦ大賞受賞。

スペース金融道

宮内悠介 42088-2

「宇宙だろうと深海だろうと、核融合炉内だろうと零下190度の惑星だろうと取り立てる」植民惑星・二番街の金融会社に勤務する「ぼく」は、凄腕の上司とともに今日も債権回収へ。超絶SF連作集。

さよならの儀式

宮部みゆき　41919-0

親子の救済、老人の覚醒、30年前の自分との出会い、仲良しロボットとの別れ、無差別殺傷事件の真相、別の人生の模索……淡く美しい希望が灯る。宮部みゆきがおくる少し不思議なSF作品集。

スイッチを押すとき　他一篇

山田悠介　41434-8

政府が立ち上げた青少年自殺抑制プロジェクト。実験と称し自殺に追い込まれる子供たちを監視員の洋平は救えるのか。逃亡の果てに意外な真実が明らかになる。その他ホラー短篇「魔子」も文庫初収録。

僕はロボットごしの君に恋をする

山田悠介　41742-4

近未来、主人公は警備ロボットを遠隔で操作し、想いを寄せる彼女を守ろうとするのだが——本当のラストを描いたスピンオフ初収録！　ミリオンセラー作家が放つ感動の最高傑作が待望の文庫化！

ニホンブンレツ

山田悠介　41767-7

政治的な混乱で東西に分断された日本。生き別れとなった博文と恵実は無事に再会を果たし幸せになれるのか？　鬼才が放つパニック小説の傑作が前日譚と後日譚を加えた完全版でリリース！

メモリーを消すまで

山田悠介　41769-1

全国民に埋め込まれたメモリーチップ。記憶削除の刑を執行する組織の誠は、権力闘争に巻き込まれた子どもたちを守れるのか。緊迫の攻防を描いた近未来サスペンスの傑作に、決着篇を加えた完全版！

その時までサヨナラ

山田悠介　41541-3

ヒットメーカーが切り拓く感動大作！　列車事故で亡くなった妻が結婚指輪に託した想いとは？　スピンオフ「その後の物語」を収録。誰もが涙した大ベストセラーの決定版。

著訳者名の後の数字はISBNコードです。頭に「978-4-309」を付け、お近くの書店にてご注文下さい。